쉬는 시간은
나와 함께

베란다는 나와 함께

신현이 소설

문학동네

차례

이상한 심부름 **07**

칠게는 너무 많아 **33**

훨씬 더 많은 햇빛 **59**

덜컹거리는 존재 **87**

내게 도착한 메시지는 **115**

새와 돌 **145**

작가의 말 **167**

이상한 신부를
입는 다음

수학 시간이 끝났다.

책상 위로 무너지듯 엎드리며 잠으로 빠져들었다. 한없이 달콤하면서도 어디론가 쏜살같이 빨려 들어가는 느낌 때문에 현기증이 일었다. 으, 나도 모르게 신음 소리가 났다. 그 소리에 잠 밖으로 튕겨져 나갔다가, 이윽고 다시 잠 속으로 서서히 가라앉았다.

꿈도 꾸었다.

어떤 여자가 맨발로 지나가며 나를 돌아보았다.

"너, 세정이 아니니?"

여자가 내게 물었다.

모르는 여자였다. 그 여자와 눈이 마주친 것 같았다.

이상했다. 꿈속에도 내가 있나?

꿈속에 있는 나를 보고 여자가 너 세정이 아니냐고 묻는 것인가?

나는 꿈속에 있는 내가 보이지 않는데, 여자에게는 보이는 것인가?

아니면 여자가 꿈속에서 꿈 밖에 있는 나를 보고 묻는 건가?

꿈속에서 꿈 밖을 볼 수 있나?

잠든 내가 보이나?

정말 이상하네.

나는 자면서 이런 생각을 하고 있었다.

"세정이 왜 저러고 있어?"

누군가 내 말을 했다. 그 말이 갈고리처럼 나를 휙 잡아채더니 잠에서 끄집어냈다.

여자아이들 몇이 내 이야기를 하며 속닥거리고 있었다. 소리가 나는 쪽으로 신경이 집중되며 긴장되었다.

어떻게 하지?

막 잠에서 깨어난 것처럼 자연스럽게 기지개를 켜며 몸을 일으킬까? 그러면 더 이상 내 이야기를 하지 못하고 서로 눈짓을 보내며 흩어지겠지? 아니면 그대로 자는 척하며 무슨 말을 하는지 한번 들어 볼까?

"세정이가 불행한 일을 당했잖아."

한소리의 말소리였다.

늘 그렇듯이, 한소리는 나를 생각해 주는 것처럼 말하고 있었다. 그러나 사실은 위장이다. 아는 척하고 잘난 척하느라고 그런 식으로 말하는 거다.

물론 뭘 제대로 알고서 하는 말도 아니다.

내가 불행한 일을 당했다고?

어처구니가 없었다. 벌떡 일어나 따지고 싶었지만 참았다. 남의 이야기를 엿들은 거니까 나도 그리 떳떳하지는 못했다.

한소리가 얼마 전에 자기가 친하게 지내는 아이들과 같이 어울리자고 제안했었다. 나는 우선 여럿이 어울려 다니는 게 싫었고, 무엇보다 설희와 함께 있는 것이 좋아서 사양했었다. 그 일로 한소리는 내게 고까운 마음이 생긴 것 같았다. 사사건건 지적을 하거나 트집을 잡을 때가 많았다.

"쉬는 시간마다 2반으로 달려가더니, 세정이가 이제는 갈 곳을 잃어버렸네."

다른 아이였다. 걱정하는 것인지 아니면 빈정대는 것인지 알 수 없는 말투였다.

자기들 멋대로 내 사정을 지어내고 있었다.

내가 쉬는 시간마다 2반으로 달려간 것은 맞다. 2반에는 내 친구 김설희가 있다. 별일이 없으면 설희를 보러 갔었다. 그러나 지금은 너무 졸려서 자느라고 가지 않는 거다. 갈 곳을 잃어버렸다 니. 정말로 어처구니가 없었다.

잠은 이미 싹 달아났다.

아이들은 교실 뒤편 사물함 가까이에 모여 있을 것이다. 늘 모 이는 곳이니까.

나는 말소리 주인들이 누구인지 하나하나 속으로 헤아렸다. 한소리 말고 다른 아이들의 이름을 떠올리다 관두었다. 뒷말하 는 애들은 딱 질색이다. 이름도 불러 주기 싫다.

불행한 일이라니. 아니다, 도리어 축하하고 함께 기뻐해야 할 일이다. 내 친구 김설희에게 남자친구가 생긴 것이다. 설희와 같 은 반 남자애다.

설희와 나는 1학년 때 같은 반이었고 늘 붙어 다니는 단짝이었 다. 2학년 올라와 반이 달라졌어도 우리의 관계는 변함이 없다. 설희에게 남자친구가 생겼다고 해서 달라질 까닭이 없다.

나는 이렇게 생각하지만, 다른 애들은 나처럼 생각하지 않는 것 같았다.

"내가 봤어."

아이들은 계속 수군거렸다.

"뭘?"

"아까 쉬는 시간에 이세정하고 김설희가 매점에 있었거든. 그

때는 김설희 얼굴이 시무룩했어. 그러다가 쉬는 시간 끝나 갈 때 내가 2반 교실에서 우연히 김설희를 다시 봤거든. 김설희가 아주 해맑게 웃으면서 다른 애들하고 얘기하고 있더라고."

"그래?"

서너 명이 동시에 입을 맞춘 듯 되물었다.

침묵이 짧게 이어졌다. 저 침묵을 깨며 튀어나올 말을 듣지 말아야 한다고 직감했지만 나는 귀를 막을 수가 없었다.

"마음이 떠난 거지."

한소리였다.

세상에, 잘 알지도 못하면서 어떻게 저런 말을 할 수 있지?

마음이 떠나다니. 사실이 아니다. 한소리가 제멋대로 지어낸 말이다.

그러나 마음이 떠났다는 한소리의 말이 귓전에 스티커처럼 달라붙어 좀처럼 떨어지지 않았다.

수학 시간 전에 있었던 일들을 다시 떠올려 보았다.

나는 설희와 함께 매점에 있었다. 설희가 시무룩했던 것은 사실이다. 설희는 쪽지 시험을 망쳤다고 했다. 좋아하는 크림 퍼프를 사 놓고도 먹지 못했다. 원래는 둘이서 반반으로 나눠 먹곤 했는데, 내가 한 개를 다 먹어야 했다. 그래서 배가 불렀고 수학 시간 내내 졸렸다.

설희는 마음속 고민이나 괴로움을 내게 다 털어놓는다. 그럴 때면 당연히 얼굴이 어둡다. 아까 설희는 쪽지 시험을 망쳤기 때문에 시무룩했다. 아이들의 짐작대로 내게서 마음이 떠났기 때문이 아니었다.

그러나 정말 그럴까?

내가 알고 있던 사실에 하나둘 의심이 생겼다.

쪽지 시험 망쳤다는 건 핑계에 불과했던 걸까?

이제는 나와 함께 있는 게 싫어서 얼굴이 시무룩했던 건데, 사실대로는 말 못하고 쪽지 시험을 핑계 삼은 걸까?

더 이상 엎드려 있기가 힘들었다. 윗몸을 일으키며 바로 앉았다. 속살거리던 말소리가 뚝 그쳤다. 나는 아무것도 듣지 못했다는 듯이 느릿느릿 기지개를 켰다. 긴 숨을 내쉬고 뒤를 돌아보았다.

나에 대해 이야기하던 아이들은 그사이에 흩어졌는지 보이지 않았다. 마치 감쪽같이 사라져 버린 것처럼. 나는 깜짝 놀랐다. 교실 안을 둘러보았다. 그 아이들은 교실에 없었다.

아이들이 늘 모이는 곳을 바라보며, 처음에는 내가 잠에서 깨어나는 것을 보고 무안해서 교실 밖으로 다 나갔나 했다. 그러다가 정말로 저곳에 아이들이 모여서 내 이야기를 주고받았을까, 내가 들었던 말들이 아이들이 실제로 주고받은 말일까 하는 의문이 생겼다. 모든 게 헷갈렸다. 꼭 꿈속에서 일어난 일 같았다.

꿈이었나?

꿈이 계속 이어진 건가?

아니다. 분명 잠에서 깨어나 엎드린 채로 그 말들을 다 들었다.

다시, 꿈이 기억났다. 어떤 여자가 나를 돌아보며 너 세정이 아니냐고 물었었다.

그 꿈을 꾼 다음에 다른 꿈을 더 꾼 건가? 내가 책상에 엎드려 자고 있는데, 교실 뒤쪽에서 아이들이 내 말을 하는 꿈 말이다.

괜히 으스스한 기분이 일고, 팔뚝에 오스스 소름이 돋아났다. 혼란을 털어 버리기 위해 자리에서 벌떡 일어났다.

옆자리에서 책을 읽는 반장에게 한소리 못 봤냐고 물었다. 반장이 나를 돌아보았다. 책에서 완전히 빠져나오지 못했는지, 모르는 사람을 보는 것처럼 멍한 얼굴이었다.

"한소리 말이야, 못 봤어?"

내가 목소리를 높였다.

"한소리?"

반장이 이번에는 나를 제대로 바라보며 물었다.

"응, 못 봤어?"

내가 다시 물었다.

"모르겠는데."

반장이 교실 안을 둘러보며 말했다.

곧바로 2반 교실로 갔다. 교실 뒷문을 열었지만 들어가지는 못했다. 김설희는 여자아이들에게 둘러싸여 해맑게 웃으면서 이야기를 나누고 있었다.

"정말이네."

나도 모르게 혼잣말을 했다.

"마음이 떠난 거지."

한소리의 말이 다시 들려왔다.

귓전에서 들리는 게 아니라 마음 깊은 곳에서 울려 나오고 있었다. 그 말이 마음 깊은 곳까지 파고들어 간 것이었다.

가슴 한복판에서 무엇인가 뜯겨 나가는 것 같은 통증이 일었다. 나는 손바닥으로 통증을 눌렀다.

정말로, 내 마음 깊은 곳에 있던 설희의 마음이 떠나 버리느라고 이러는가 하는 생각이 들었다.

아니야.

나는 그 생각에 맞섰다.

한소리의 말이 파고들어서 내게서 설희의 마음을 도려내는 거야.

두 생각이 팽팽하게 대치했다. 괴로웠다.

강은성과 눈길이 마주쳤다. 설희의 남자친구다. 강은성이 나에게 아는 척을 하려고 자리에서 일어나길래, 나는 모른 척하며 그 자리를 벗어났다.

나는 아주 빠른 걸음으로 복도 끝을 향했다.

설희의 웃는 얼굴이 눈앞에서 어른거렸다.

내 앞에서는 그렇게나 시무룩하더니 다른 아이들과 저렇게 해맑게 웃는구나.

자기 남자친구를 의식해서 그런가?

머릿속에서 이런 생각들이 쉴 없이 피어올랐다.

한 걸음 더 나아가, 이상한 생각도 떠올랐다. 설희의 저 웃음은 원래 내 것인데, 다른 아이들에게 빼앗긴 것 같다는 생각이 드는 것이다.

남자친구를 사귄다는 소문이 나자, 여자아이들이 관심을 갖고 말을 걸어온다고 설희가 알려 준 적이 있었다. 나는 그런가 보다 하고 말았다. 설희는 지금까지 나하고만 친했다. 다른 친구들이 생겨도 괜찮다고 생각했다.

나는 설희가 왜 강은성에게 관심을 갖게 되었는지, 설희의 마음이 얼마나 설레고 떨렸는지, 두 사람이 어떻게 사귀게 되었는지, 다 알고 있었다. 어쩌면 내게 그 이야기를 다 토해 냈던 설희보다도 더 생생하게 기억할 것이다. 나는 강은성에게 어떤 매력도 느끼지 못했기 때문에 설희의 마음을 완전히 이해할 수는 없었다. 그러나 나는 설희의 이야기를 듣는 유일한 사람이었다. 그리고 친구로서 진심으로 두 사람이 잘되기를 바랐다. 한 치의 거짓도 없이.

그런데 지금 이게 뭐지?

왜 이러지?

내가 이러는 이유를 나도 잘 모르겠다.

수업 시작을 알리는 종이 울렸다. 서둘러 교실로 돌아갔다.

마지막 수업이 끝날 때까지 내내 마음이 어두웠다. 거울을 보진 않았지만 얼굴도 마음 따라서 어두웠을 것이다. 나는 끝내 아이들 말대로 되어 버렸다. 불행한 일을 당한 이세정이 된 것이다.

학교를 마치고 곧바로 집으로 와 방에 틀어박혔다. 원래라면 설희를 만나 같이 학원에 가야 했지만, 일이 있어 집에 간다고 카톡을 날렸다. 설희는 무슨 일이냐고 물었다. 나는 별일 아니라고 답했다.

지금까지는 내게 일어난 일 중 설희가 모르는 게 없었다. 이제는 아니다. 말할 수도 없고, 사실 어떻게 말해야 하는지도 모르겠는 일이 생겼다.

나 자신에게 실망하기도 했다. 나는 내가 대범하고 마음도 넓은 줄 알았다.

그러나 괴로운 건 괴로운 거다.

초인종 소리가 울렸다.

침대에 누워 있다가 깜박 잠이 들었나 보다. 윗몸을 벌떡 일으켰다가 다시 누우면서 이불을 뒤집어썼다. 현관까지 나가서 누구인지 확인하는 것조차 힘들었다. 가만히 있으면 빈집인 줄 알고 돌아갈 테지.

초인종 소리가 멎었다. 가방 안에서 핸드폰이 진동했다. 그제야 손에 핸드폰이 없는 것을 알아차렸다. 이불을 걷어찼다.

설희구나. 집까지 찾아왔구나.

어떡하지?

학원 안 갔나?

가방은 책상 위에 있었다. 닿지 않을 걸 뻔히 알면서도 가방이 있는 쪽으로 손을 뻗어 보았다. 허전하고, 이상하게 슬펐다.

핸드폰도 잠잠해졌다. 현관 쪽으로 귀를 기울였다. 설희는 문밖에 그대로 서 있을 것이다. 설희 또한 내가 저 있는 쪽으로 귀를 기울이고 있다는 사실을 간파했겠지. 이 정도는 늘 그냥 통했으니까.

침대에서 내려왔다. 교복을 입은 채였다. 현관문을 열었다. 설희가 있었다.

나는 어색했다. 설희를 마주 보지 못했다.

"너, 3교시 쉬는 시간에 우리 교실 앞까지 왔었다며?"

설희가 먼저 입을 뗐다.

"강은성이 알려 줬니?"

내가 말했다. 기운이 없었다.

"응, 은성이가 그때 너를 봤는데, 얼굴이 안 좋았다고 걱정했어."

나는 몸을 틀어 설희를 아예 외면했다.

마음이 아팠다. 내가 설희를 외면하다니, 말도 안 돼.

"너, 왜 그래? 어디 아파?"

설희가 나를 붙잡아 자기 쪽으로 돌려세웠다. 그러나 설희도 충격을 받은 듯, 얼굴이 창백해지면서 한 걸음 뒤로 물러났다. 나를 붙잡았던 손을 놓았다. 나 또한 설희의 모습이 낯설었다.

한소리가 했던 말이 마음 한가운데 다리를 꼬고 오만하게 걸터앉아 있었다.

"마음이 떠난 거지."

다리가 풀렸다. 나는 비틀거리다가 푹 주저앉았다.

아, 이게 무슨 꼴인가?

"세정아!"

설희가 놀라며 가까이 와 앉았다.

"괜찮아?"

내 팔을 붙잡고 얼굴을 들여다보며 물었다.

나는 고개를 끄덕였다.

"열이 있는데?"

설희가 내 이마를 만지며 말했다.

몸이 무거운 바위 같았다. 자꾸만 아래로 굴러떨어지는 것 같아 일어나기가 힘들었다. 머릿속에서는 여러 가지 사나운 생각들이 아우성을 쳤다.

다른 아이들하고는 해맑게 웃으면서 이야기를 나누겠지?

전에 나와 그랬던 것처럼 말이야.

이제 더 이상 내게 웃어 주지 않겠지?

강은성하고는 다정하겠지?

강은성과 내 이야기를 하면서 다정하겠지?

나와 다정했던 순간들을 이제는 다 지나간 일인 것처럼 강은성에게 이야기하겠지?

마음이 떠났으니까.

나는 정상이 아닌 듯했다.

설희의 마음이 떠나 버리고 내 몸과 마음은 무너져 버렸다.

설희에게 갔던 내 마음은 어떻게 되었을까?

강은성에게 밀려 쫓겨났을까?

불쌍해라.

더 추한 꼴을 보이기 전에 설희 앞에서 사라지고 싶었다.

머리를 흔들어 이마에서 설희의 손을 털어 냈다. 얼굴을 감추고 싶어서 두 무릎 사이에 고개를 파묻었다.

하룻밤이 지나 토요일이 되었다.

몸살이 났다. 엄마는 오전 근무가 있다고 했다. 출근하면서 내방에 차가 담긴 보온병과 꿀을 들여놓으며 잠을 충분히 자라고 했다.

나는 계속 잤다.

잠결에 전화를 받았다. 엄마였다. 엄마와 통화를 하며 잠에서 깨어났다. 통화를 마치고 뜨거운 차를 마셨다. 생강과 대추를 넣어 끓인 차였다.

이른 오후에 엄마가 다시 전화를 했다. 내 몸 상태를 묻고, 일어나 뜨거운 차를 한잔 더 마시고 자라고 했다. 나는 알겠다고 대답했다.

잠은 더 이상 오지 않았다. 몸살기도 가라앉았다. 집은 조용했다. 어제의 괴로움도 그사이 희미해져 있었다.

보온병을 열어 찻잔에 남은 차를 다 따랐다. 스틱으로 된 꿀도 잔에 짜 넣었다. 티스푼으로 저으면서 다시 침대로 갔다. 돌고래 쿠션에 등을 기대고 앉아 차를 마셨다.

어제 현관에서 있었던 일이 떠올랐다. 설희는 내게 입맞춤을 했다. 볼에 뽀뽀를 한 적은 몇 번 있었지만 입맞춤은 처음이다.

설희가 볼에 뽀뽀를 할 때마다 그 입술의 감촉이 차고 너무 부드러워서 몸이 떨렸었다. 그 순간, 모든 고민이 사라졌다. 물론 기분도 좋아졌다. 우리가 서로에게 토라졌던 흔적들도 뽀뽀 한 번이면 다 날려 버릴 수 있었다.

그러나 어제의 입맞춤은 달랐다. 더 부드럽고, 더 강한 느낌이었다. 순식간에 머릿속 잡념들이 사라졌다. 그러나 한두 가지 생각만은 끝끝내 또렷하게 버티고 있었다. 그 생각들이 내게 두 눈을 부라렸다.

강은성과도 입을 맞추었겠지?

아니면 강은성과 입맞춤하기 위해서 연습한 건가?

어처구니없는 생각이었다. 그러나 그 생각이 존재했었다는 사실을 부인할 수는 없었다. 나는 괴로워서 설희를 거칠게 뿌리쳤었다.

차를 한 모금 마셨다. 달고 따뜻했다.

핸드폰을 확인했다. 어제 헤어진 뒤로 설희에게서 온 카톡은 없었다. 하나도 없었다. 카톡이 하나도 없는 날은 처음이다.

막다른 골목에 몰린 듯했다.

우리는 헤어지게 될까?

천천히 따져 보면 엉뚱한 일이었다. 이 모든 일은 내가 잠결에 들었던 몇 마디 말에서 시작되었다. 누가 한 말인지도 확실하지 않았다. 사실인지도 확인해 보지 못했다.

설희에게 사실을 물어보거나 내 마음을 솔직하게 말하지도 못했다.

어떻게 하지?

빈 잔을 쟁반 위에 놓았다. 핸드폰을 쥐고 다시 침대에 누웠다.

설희와 멀어질지도 모른다는 생각만으로 마음이 아팠다. 한편으로는 이미 마음이 떠나 버린 설희와 다시 친하게 지내 보려고 궁리를 하는 것이 구차하게 여겨졌다.

전화가 왔다. 엄마였다. 엄마는 내 몸이 어떤가를 묻고, 차를 한잔 더 마시라고 했다. 나는 몸은 괜찮으며 차는 다 마셨다고 말했다.

"다 나았니?"

엄마가 한 번 더 확인했다. 나는 그렇다고 대답했다.

"그럼, 엄마 심부름 하나만 해 줄래?"

엄마가 물었다. 심부름이라는 말이 내심 반가웠다. 심부름을 하다 보면 기분 전환이 될지도 몰랐다.

"할게."

바로 대답했다.

엄마는 할머니를 모시고 할머니 친구 병문안을 가기로 했는데, 예상과 달리 일이 늦어지고 있으니 엄마 대신 할머니를 모시고 다녀와 달라고 했다.

"알겠어."

내가 대답했다. 엄마가 길게 말하는 것을 가만히 듣고 있자니 마음이 푸근해졌다. 위로가 필요했는데, 저절로 위로가 되었다.

할머니는 까다로운 분은 아니다. 뭘 묻거나 시키거나 따지거나 야단을 치지 않았다. 그래서 할머니와 있으면 긴장을 하지 않아도 되고, 혼자 딴짓을 하거나 한눈을 팔아도 괜찮았다.

"좀 이상하네? 우리 세정이가 왜 이렇게 고분고분하지?"

엄마도 기분이 좋은지 말소리가 환했다. 나는 평소 고분고분한 성격이 아니었다.

"엄마, 그런데 이거 심부름 맞아?"

약간 무안해서 말머리를 딴 데로 돌렸다. 엄마 부탁으로 할머니와 동행하는 것을 심부름이라고 할 수 있나? 말을 돌리고 보니 궁금해졌다.

"그러게. 나도 잘 모르겠다."

엄마가 말 돌리지 말라고 핀잔을 주는 대신 내 질문에 대답을 해 주어서 나는 무안함에서 풀려나왔다.

할머니에게 사정을 전할 테니, 준비해서 바로 할머니네로 가라고 말한 다음 엄마는 전화를 끊었다.

양치질을 하면서 핸드폰으로 '심부름'의 말뜻을 검색해 보았다. 심부름의 뜻은, "남이 시키는 일을 하여 주는 일"이었다.

엄마가 내게 부탁한 일은 심부름이 아니라고 할 수는 없지만, 사전의 뜻에 정확하게 맞지도 않았다. 엄마가 시킨 일이 아니고, 부탁을 들어줄 수 있겠는지 내 의견을 물어서 결정된 일이었다. 그렇다고 심부름보다 더 잘 맞는 다른 말이 떠오르지도 않았다.

어제 일도 그렇다.

나와 설희가 쉬는 시간에 같이 매점에 있었다. 그때 설희의 속마음이 어땠는지, 나와 우리를 본 다른 아이의 의견이 달랐다. 어떤 일에건 그 일에 딱 맞는 한 가지 의견만 있는 것은 아닐 거다. 여러 가지 다른 의견이 있을 수 있는 것이다.

어제는 그 아이들의 의견을 따라 내 생각이 영향을 받았다. 나는 불행한 쪽으로 점점 기울었다. 처음 내가 가졌던 의견을 유지할 수가 없었다. 더군다나 설희에게 자꾸만 의심이 가는, 좋지 않은 방향으로 향했다.

그렇다면 그 아이들의 의견도 변하게 할 수 있다. 내 마음이나 의견이 변했던 것처럼 말이다. 그 아이들을 변화시킬 뾰족한 수가 당장 떠오른 건 아니었다. 그러나 방법은 꼭 있을 것이다.

양치질을 마치고 입안을 헹구었다. 설희와 나의 관계를 회복시켜야 했다. 거울에 비친 입술이 붉었다. 어제의 입맞춤이 다시 떠올랐다. 입술에 더해 볼까지 붉어졌다.

나는 내가 불행한 일을 당했는가 스스로에게 물어보았다.

아니.

대답은 이랬다. 망설임은 없었다.

집을 나섰다. 고민이 다 해결된 건 아니지만, 몸은 가벼웠다.

할머니네로 갔다. 할머니는 외출 준비를 마치고 나를 기다리고 있었다. 할머니네 집 앞에서 택시를 탔다.

"옛날 오남극장 자리로 가 주시겠어요?"

할머니가 택시 기사에게 말했다.

택시 기사는 할머니처럼 나이가 지긋해 보였는데, 두 분이 옛날에는 있었지만 이제는 사라지고 없는 오남극장에 대해 이야기를 나눴다. 서로 모르는 사이인데도 오남극장을 자주 다녔던 시절이 각자에게 있었던 것이다.

오래되어 보이는 건물 앞에서 택시가 멈추었다. 사라진 오남극장 대신 요양병원이 들어온 건물이었다. 할머니와 나는 택시에서 내렸다.

"계단은 그대로네."

건물 현관으로 이어지는 계단을 오르며 할머니가 말했다. 나도 할머니를 뒤따랐다. 한눈에 봐도 오래된 돌계단이었다. 돌은 사람들의 발길에 닳고 닳아서인지 각진 데 없이 부드럽고 반질반질했다. 신전이나 사원으로 이어질 것만 같은 계단이었다.

"옛날 그대로야."

할머니가 혼잣말처럼 한 번 더 말했다. 나는 할머니 가까이로 가 나란히 계단을 걸어올랐다.

"여기가 나 젊었을 때는 극장이었거든. 영화도 상영하고 가수들이 공연도 하는 곳이었어. 음악을 틀어 놓고 춤을 추기도 했었지. 언젠가 경애랑 춤을 추러 왔었는데, 그때 경애가 붉은 하이힐을 신고 있었거든. 신이 나서 나보다 먼저 계단을 올라가는데, 그 모습이 그렇게 예쁠 수가 없었단다."

할머니가 내게 이야기를 해 주었다.

"이 병원에 있는 내 친구 이름이 경애야, 김경애."

"친한 친구였어?"

"그럼! 절친했지. 경애가 나보다 먼저 결혼을 했는데, 결혼식 날에 생이별이나 하는 사람들처럼 서로를 붙잡고 통곡했단다. 저러다가는 신부 실신할지도 모른다고 사람들이 우리를 떼어 내며 말릴 정도였어."

"남자랑 결혼을 해서 그 친구 마음이 할머니를 떠났어?"

"결혼하면 아무래도 이것저것 신경 쓸 일이 많아지니까 차츰 멀어지기는 하지."

"마음이 떠났구나."

한소리 말이 맞구나. 남자가 생기면 마음이 떠나는구나.

할머니는 대답이 없었다.

설희의 웃는 얼굴이 떠올랐다. 핸드폰을 꺼내 보았다. 감감무소식이었다.

병원 안으로 들어섰다. 분위기가 달라졌다. 실내는 아늑했고, 연분홍색 카디건을 입은 직원들은 친절했다.

"한번 준 마음이 어디 쉽게 떠날 수가 있나."

엘리베이터 안에서 할머니가 낮고 조용하게 말했다.

나는 그 말이 크고 분명하게 들렸다. 얼굴이 달아올랐다. 갈피를 못 잡고 이리저리 떠돌아다니는 내 마음이 부끄러웠다.

엘리베이터가 멈출 때마다 사람들이 들고 났다. 휠체어를 탄 환자와 면회를 온 가족들이 타고 내렸다. 간호사와 의사도 타고 내렸다. 청소하는 아주머니도 파란색 통을 밀고 들어왔다가 내렸다.

할머니와 나는 맨 위층에서 내렸다. 복도 끝 병실로 들어갔다.

"경애야, 김경애."

할머니가 친구의 이름을 불렀다.

창을 향해 앉아 있던 김경애 할머니가 뒤를 돌아보았다. 김경애 할머니의 얼굴에 천진한 웃음이 번졌다. 꽃이 피는 것 같았다.

할머니는 친구와 마주 앉아 손등을 쓸어 주거나 토닥이면서 이야기를 했다. 김경애 할머니는 아이처럼 웃는 얼굴로 고개를 끄덕이면서 할머니 이야기를 들었다. 두 분은 정말 다정해 보였다. 나는 두 분을 방해하지 않으려고 병실 안을 서성이거나 복도를 거닐었다.

"세정아, 가자."

할머니가 병실 밖으로 나오면서 손을 들어 나를 불렀다.

"할머니 친구한테 나도 인사할까?"

"그럴 필요 없다."

할머니가 엘리베이터 쪽으로 앞서 걸으며 말했다.

"경애는 이제 아무것도 기억하지 못해. 나도 못 알아보는걸, 뭐."

나는 이삼 초 후에야 할머니 말을 알아들었다. 둥글고 묵직한 어떤 것이 마음을 툭 민 것처럼 한동안 먹먹했다.

돌계단을 내려올 때 할머니 손을 잡아드렸다.

"자기가 얼마나 예뻤는지도 기억 못 해. 붉은 하이힐을 신고 이 돌계단을 뛰어오르던 순간도 기억 못 하지."

슬픈 이야기였지만, 할머니는 노래를 부르는 것처럼 가락을 실어 담담히 말했다.

"나는 아까 병실에서 두 분 사이가 여전히 다정하다고만 생각했어."

내가 말했다.

"그럼. 여전히 다정하지."

할머니가 고개를 끄덕였다.

"응?"

이상했다. 이번에는 이삼 초가 지나도 할머니 말을 이해하지 못했다.

"내가 경애의 손을 잡고서 우리가 다정했을 때만 골라서 이야기해 줬거든. 경애는 딴 사람들 이야기로 알고 들었겠지. 남들 다정한 이야기만 제대로 들어도 사람 마음은 다정해지는 법이니까."

나는 할머니 말을 이해했다.

밤에 설희에게 카톡을 보냈다. 무슨 일이 있었는지는 나중에 말해 주겠다고 했다. 심통을 부려서 미안하다고도 했다. 설희는 알겠다고, 무슨 일인지 나중에 꼭 말해 달라고 했다.

ㅡ 강은성이랑 뽀뽀는 했어?

내가 대뜸 물었다. 입맞춤을 한 적이 있느냐고 물어보고 싶었지만 꾹 참고 한 단계 낮추어서 물었다.

— 아니

설희가 답을 보내왔다. 창피함을 무릅쓰고 솔직하게 말하자면, 나는 설희의 답을 보고 기분이 좋았다.

수학 시간이 끝났다.

졸음이 쏟아졌다. 엎드려 자고 싶은 유혹이 강렬했다. 눈이 자꾸만 감겼다.

수학 시간 시작 전에 설희를 매점에서 만났다. 설희는 또 쪽지 시험을 망쳤다며 시무룩해했다. 크림 퍼프를 반반씩 나눠 먹지 못했다. 내가 한 개를 다 먹었다. 그 탓으로 배가 불러서 수학 시간 내내 졸렸다.

"얘들아, 새 소식이 있어."

몸이 책상으로 쓰러지려 할 때 한소리의 목소리가 들렸다. 그 목소리가 잠으로 빨려 들어가는 나를 갈고리처럼 잡아끌었다.

비슷비슷한 일들이 되풀이되는 게 학교생활이었다.

"안 돼. 막아야 해."

나는 중얼거리며 몸을 일으켰다. 옆에 앉은 반장은 책을 펼치고 있었다. 한소리와 몇몇 아이들이 교실 뒤편 사물함 쪽으로 모이고 있었다.

나는 졸면서 2반으로 걸어갔다. 눈을 감고서도 갈 수 있는 길이다.

설희는 여자아이들에게 둘러싸여 있었다. 나는 여자아이들을 헤치며 설희 곁으로 갔다. 설희가 옆으로 조금 옮겨 앉으며 내게 앉을 자리를 내주었다. 우리는 의자 하나를 반반씩 나눠 앉게 되었다. 나는 앉자마자 책상에 풀썩 엎드렸다.

잠이 나를 덮쳤다.

"시간 되면 깨워 줘."

내가 잠결에 말했다.

"알았어. 걱정 말고 어서 자."

설희가 내 등에 한 손을 얹으며 말했다.

달콤한 잠 속으로 빠르게 휩쓸렸다.

아이들의 웃음소리와 말소리도 점점 멀어지며 작아졌다.

층계는 너무 많아

학교에 가기 싫었다. 안 갈 핑계로 뭐 댈 만한 게 없을까 궁리하며 집 안을 이리저리 돌아다녔다. 기발한 생각은 떠오르지 않았다. 머릿속은 텅 비어 있었다.

조금이라도 아픈 데는 없는가, 가방을 등에 짊어진 채 식탁 의자에 앉아 잠시 가만히 있어 보았다. 아프거나 불편한 곳은 한 군데도 없었다. 오히려 운동장 다섯 바퀴 정도는 달릴 수 있을 것처럼 몸속에서 힘이 꿈틀거렸다.

나는 벌떡 일어났다.

"학교 가야지."

혼잣말을 했다.

현관 쪽으로 가다가 방향을 틀어 엄마 작업실로 갔다. 엄마는 아침 산책을 나가고 없다. 책상에는 엄마가 스케치해 놓은 그림이 널려 있었다. 목탄으로 그린 게였다. 다 다르게 생긴 게들이 다 다른 자세로 그려져 있었다.

도화지 아랫부분에는 게 이름들이 적혀 있었다. 이름도 다 달랐다. 게들은 집게발을 뺀 나머지 발들로 자기 이름을 딛고 올라선 것처럼 보였다. 엄마는 그림 작가인데, 이번에는 게가 나오는 동화에 그림을 그리는 듯했다.

엄마 의자에 앉았다. 엄마가 마시다가 남겨 둔 커피를 한 모금 마셨다. 커피는 몹시 썼다. 윽, 소리를 내며 커피잔을 내려놓다가 우연히 어떤 게에게 눈길이 갔다. 조금 과장하자면, 그 게와 눈이 마주쳤다. 이름이 칠게였다.

"재미있는 이름이네."

혼잣말을 했다.

칠게는 한 쌍의 집게발로 위를 가리키고 있었다.

"칠게, 네가 이번 동화의 주인공이냐?"

칠게에게 말을 걸었다.

그러자 내 상상 속으로 칠게가 나타났다.

칠게는 내가 자기 이름을 재미있다고 말해서 기분이 나쁜 모양이었다.

"너 혼자지? 친구 없지?"

이렇게 대거리를 하는 것이다. 집게발로 하늘을 푹푹 찌르면서, 게걸음으로 이리로 왔다가 저리로 갔다가 하면서, 위로 팔짝 뛰어오르기도 하면서, 한번 벌린 입을 다물지 않았다.

"너, 혼자지? 혼자지? 혼자지?"

칠게에게 말을 건 것이 실수였다. 눈이 딱 마주쳤을 때 모른 척해야 했다. 한번 시작된 상상은 쉽게 사라지지 않았다.

나는 아무래도 상상이 너무 많다. 상상력이 정도 이상으로 들끓는다. 어렸을 때 동화책을 너무 많이 읽은 부작용인지도 모른다. 이제 더 이상 상상 놀이 같은 것은 하지도 않는데, 상상이 저스스로 작동될 때가 많다.

엄마 작업실 한쪽에는 내가 어렸을 때 동화를 읽거나 그림을 그리면서 놀던 자리가 남아 있다. 파란색 코끼리 양탄자가 깔려 있고, 그때 읽던 책들과 그림 도구들이 낮은 책장에 그대로 놓여 있다. 더는 상상 놀이를 하지 않는 것처럼, 지금은 그곳에서 놀지 않는다.

"학교 가자."

손바닥으로 책상을 탁 치고 벌떡 일어나며, 나는 내게 단호하게 명령했다.

"더 머뭇거리다가는 지각이야."

이번에는 나를 달랬다.

머릿속에 나타났던 칠게는 어디론가 사라지고 없었다.

"내 단호한 명령에 깜짝 놀랐나?"

나는 흐흐흐 웃으며 혼잣말을 했다.

쉬는 시간이었다.

아이들은 참았던 숨을 내쉬는 것처럼 자리에서 벌떡벌떡 일어나며, 친하게 지내는 아이들끼리끼리 서로를 끌어당기는 것처럼, 이곳저곳으로 삼삼오오 모여들었다. 교실은 활짝 피어나는 것처럼 밝아졌다.

그렇게 밝아지느라고 밀려나는 그림자는 내게 드리워지는가. 마음이 차츰 어두워졌다. 어둠에는 무게가 있었다. 마음이 짓눌렸다.

혼자 앉아 있기가 힘들었다. 자리에서 일어났다.

나는 쉬는 시간에 교실을 빠져나가는 나만의 법칙을 가지고 있다. 어깨를 옹송그리지 않는다. 허리를 숙이지 않는다. 표정은 무덤덤하게. 급하게 걷지 않는다. 다른 볼일이 있는 것처럼, 교실에 있는 아이들은 전혀 신경 쓰지 않는 것처럼 걷는다. 그렇게 보이기 위해서, 가능하면 딴생각을 한다.

복도를 걸을 때에도 벽에 바짝 붙어서 걷는다. 어떤 경우라도 혼자 걷기를 즐기는 것처럼 걷는다. 무리 지어 있는 아이들이 가까워지면 재빨리 벽에 등을 대고 게처럼 옆으로 걸어서 피한다.

딴생각을 하기 위해서 아침에 보았던 칠게를 떠올렸다. 이번에 나타난 칠게는 목탄의 검은색이 아닌 주황색으로 변해 있었다.

"혼자는 아니고, 이번 쉬는 시간은 너와 함께!"

머릿속 칠게에게 말했다.

화장실은 그냥 지나쳤다. 장난을 치는 아이들이 있었기 때문이다. 화장실에서의 장난이 싸움으로 변하지 않는 이유는, 많은 경우 누군가 일방적으로 참고 있기 때문이다. 그러니까 장난으로 위장된 폭발물 같은 것이다. 참고 있는 쪽이 언제 터질지 모른다. 괜히 휘말리기 싫었다.

계단을 내려가기 시작했다. 계단에는 아이들이 없었다. 마음이 조금 가벼워졌다.

"지우야! 김지우!"

정한영의 목소리다. 반가웠다.

걸음을 멈추고 뒤를 돌아보았다. 정한영이 계단 난간을 붙잡고 나를 내려다보고 있었다.

"너, 한상영 못 봤어?"

정한영이 내게 물었다.

"못 봤어."

시큰둥하게 대답해 주었다.

"너, 또 쉬는 시간을 홀로 즐기는 중이야?"

정한영이 웃으며 물었다.

"그래."

대답을 하면서 멋있게 돌아섰다.

언젠가 복도에서 마주친 정한영이 어디를 가느냐고 내게 물었을 때, 그렇게 대답을 해 주었었다. 쉬는 시간을 홀로 즐기고 있는 중이라고.

정한영은 우리 반 반장이고 누구에게나 친절했다. 총명한 정한영이 그때 내가 한 말을 곧이곧대로 믿을 거라고는 생각하지 않았다. 내가 친구가 없다는 걸 이미 알고 있을 테니까.

믿거나 말거나 상관없었다. 그 말을 지금까지 기억하고 있다는 사실이 기뻤다.

계단참에서 방향을 틀었다. 내 이름을 부르는 정한영의 목소리가 여전히 귓가에 남아 있었다. 머릿속 칠게는 진즉에 사라졌다.

"정한영이 내게 기쁨을 주더니 슬픔도 주는구나."

아무도 없어서 마음껏 혼자 중얼거렸다.

내 이름을 부르고 말을 걸어서 기쁨을 줬지만, 하필이면 한상영을 찾는 것으로 슬픔도 얹어 준 것이다.

한상영은 2학년 막 올라와서 얼마 동안 나랑 친했다. 고진우도 합류를 해서, 셋이 어울려 다녔다. 그러나 사소한 일로 다툼이 생겼다. 셋이서 농구를 하고 마라탕을 먹으러 어디로 갈 것인가 의견이 달랐는데, 그것이 다툼으로 번졌다. 그때 한상영이 나를 비난했다. 좀 좋게 봐 주자면, 비난까지는 아니고 핀잔을 주었다고 바꿔 말할 수도 있겠다.

한상영은 내게 말이 너무 많다고 했다. 나는 내가 가자고 주장하는 마라탕집이 왜 한상영이 추천하는 집보다 나은가를 설명하려고 애썼을 뿐이다. 억울했지만 해명할 기회조차 잃었다. 한상영의 비난이 내 말문을 막아 버렸다.

한상영을 따라가는 것으로 고진우도 한상영의 비난에 암묵적으로 동의했다. 나는 혼자 남아 개나리가 노랗게 핀 학교 담장을 등지고 한동안 서 있었다.

내가 말이 너무 많았나?

잘 모르겠다. 둘은 그 일을 모두 잊은 듯했다. 그러나 그 뒤로 나는 지금까지 친구 없이 혼자다.

현관 안쪽에 직사각형 모양의 햇빛이 누워 있었다.

한상영과의 일이 떠올라 마음이 괴로웠다.

괴로운 일이 떠오를 때도 나는 혼잣말을 한다.

"저기까지만 가자."

왼손 집게손가락으로 빛의 사각형을 가리키며 말했다.

계단을 다 내려와 빛의 사각형에 들어섰다. 내가 할 수 있는 가장 멋진 폼으로 두 다리를 벌리고 잠깐 서 있었다. 상상이 작동되기 시작했다. 상상 속에서 정한영이 달려와 내 팔짱을 꼈다.

"현실에서 너무 멀리 갔어."

상상을 떨어내기 위해 혼잣말을 했다.

운동장은 햇빛으로 가득 차 있었다. 체육복을 입은 아이들이 운동장 건너편 스탠드 쪽을 향하고 있었다. 현관 바깥으로 걸음을 옮겼다. 그러나 더 걸어 나갈 수는 없었다. 나는 삼선 슬리퍼를 신고 있었다. 게다가 곧 수업이 시작될 것이었다.

나는 똑바로 서서 태양을 쏘아보았다. 저절로 눈이 감겼다. 눈을 감아도 눈앞은 온통 주황빛으로 가득 차서 환했다. 들끓는 용암의 빛이었다. 그 빛 속을 검붉은 점들이 둥둥 떠다녔다.

눈을 반쯤 뜨고 돌아섰다. 건물 안은 보랏빛이 감도는 그늘에 잠긴 듯했고, 내 눈 안에 있던 검붉은 점들이 밖으로 나와서 보랏빛 그늘 속을 떠다녔다. 아름다웠다.

누구랑 같이 볼 수 있을까? 누군가와 함께 보고 싶었다. 내 눈에만 보이는 것일까? 두 사람이 동시에 똑같은 것을 볼 수는 없을 것이다. 홀로 쉬는 시간을 즐기는 사람답게 이런 생각을 하면서 계단을 올랐다.

2층 복도에 닿았다. 아이들은 이미 교실로 다 들어갔다. 아이들이 내는 시끌시끌한 소리가 교실에 갇혀서 복도는 조용했다. 조금 일찍 올라올걸 그랬다.

교실과 복도에는 각기 다른 힘이 작동하는 것 같았다. 교실의 힘이 나를 밀어내고 있었다. 한 발 가까이 다가가면 나는 교실의 힘에 떠밀려서, 멀리멀리 떠밀려서, 다시는 돌아오지 못하고 영원히 떠다닐 것만 같았다. 나는 까마득하게 멀어 보이는 교실 문을 바라보았다.

"그냥 영원히 들어가지 말까?"

혼잣말을 했다. 계속 이 자리에 서 있을 수는 없었다. 그렇다고 어디로 간단 말이냐?

그때, 누군가 3층에서 2층을 향해 내려오고 있었다. 나는 계단 쪽으로 고개를 돌렸다. 웅얼웅얼하는 소리가 흘러내려 왔다. 뭐지? 누구지? 나는 계단 쪽으로 가서 위를 올려다보았다.

최계성이었다.

"뭐라고 혼자 중얼중얼거리냐?"

내가 말했다. 나는 무엇보다 최계성의 등장이 반가웠다. 교실에 같이 들어갈 사람이 나타난 것이다. 그런데도 무엇을 묻기보다는 좀 따지는 말투가 나도 모르게 튀어 나갔다.

최계성이 우뚝 멈추었다. 중얼거리던 말소리도 사라졌다.

"나?"

최계성이 손가락으로 자신을 가리키며 물었다. 붉고 둥글둥글한 최계성의 얼굴에 웃음이 피어올랐다.

너도 나를 만나서 반가운가? 물어볼 수는 없었다.

"그래, 너."

내가 말했다.

계단이 환해졌다. 태양을 노려보느라고 흔들렸던 시야가 완전히 회복된 모양이었다.

학교가 끝났다. 교문 쪽으로 가는데 최계성이 뒤에서 달려와 곁으로 왔다.

우리는 나란히 걸었다. 최계성은 자기네 식당에서 밥을 같이 먹고 학원으로 가는 게 어떻겠느냐고 물었다. 자기는 학원에 다니지 않는다고도 덧붙였다. 나는 슬며시 웃으며 좋다고 했다. 밥 먹자고 하니까 배가 고파지기도 했다.

우리 학교 아이들이 인도를 가득 메우는 시간이었다. 둘씩 셋씩, 혹은 네다섯씩, 서로의 어깨가 닿을 듯 가까이서 이야기를 나누며 걸어가는 아이들 사이사이에 혼자인 아이들이 섞여 있었다. 그 아이들은 모두 핸드폰을 보느라 고개를 수그리고 있었는데, 바로 어제까지 내가 그랬다.

기분이 좋아졌다. 혼자 핸드폰에 코를 박고 걸어가지 않아도 된다는 게 이토록 기분 좋은 일이었다니. 친구들과 어울려 다닐 때는 알지 못했다. 나는 두 손을 바지 주머니에 찔러 넣고 최계성의 이야기에 고개를 끄덕이거나 짧게 대답을 하면서 걸었다.

식당 문에는 '브레이크 타임' 팻말이 걸려 있었다.

나는 최계성네 엄마가 있는 주방으로 들어가서 인사를 했다.

"네가 김지우구나. 어서 와라."

최계성네 엄마가 돌아보며 나를 맞아 주었다. 최계성이 내 이름을 미리 알려 드린 모양이었다. 무슨 말인가를 해야 하는데, 할 말이 당장 떠오르지 않아서 머뭇댔다.

"배고프겠다. 가서 밥 먹어라."

최계성네 엄마가 조리대를 닦으며 말했다. 다행이었다. 머뭇대며 서 있던 자리에서 벗어날 수 있었다.

최계성은 밥을 차리고 있었다. 국을 떠서 밥그릇 옆에 놓고 수저통에서 내 것과 자기 것의 수저를 꺼내 국그릇 옆에 놓았다. 밥 차리는 일이 능숙해 보였다. 한두 번 해 본 솜씨가 아니었다.

최계성과는 2학년 올라와서 같은 반이 되었다. 지금은 나도 비슷한 처지지만, 최계성은 학년 초부터 친구 없이 혼자였다.

나는 한 번도 최계성과 어울리고 싶은 마음을 가져 본 적이 없었다. 자랑이라고는 할 수 없지만 나는 공부를 잘하는 편이고, 수업 시간에는 물 만난 물고기처럼 활기찼다. 발표를 잘하려고 따로 발표 준비와 예습을 하기도 했다. 수업 시간만이라도 다른 아이들 눈에 띄려고 노력했다. 그러나 최계성은 수업 시간에도 별말이 없었다.

최계성네 엄마는 브레이크 타임이 끝나기 전에 미용실에 다녀오겠다며 식당을 나섰다. 나도 곧 학원에 가야 했기 때문에 미리 인사를 했다. 최계성네 엄마는 내게 자주 놀러 오라고 했다. 최계성에게는 밥 먹고 갈치를 손질해 놓으라고 말했다.

최계성이 늘 있는 일인 것처럼 알겠다고 대답했을 때 나는 속으로 놀랐다. 갈치를 손질할 수 있다니. 또 최계성이 식당 문밖까지 엄마를 따라나섰다가 돌아오는 모습을 보면서도 놀랐다. 인정하기는 쉽지 않았지만, 최계성이 나보다 훨씬 어른스럽다고 생각했다. 나는 갈치를 손질해 본 적도 없고, 엄마가 집을 나설 때 문밖까지 나가서 인사한 적도 없다.

우리는 식탁에 마주 앉았다.

"먹자."

최계성이 숟가락을 들면서 말했다. 나도 최계성을 따라서 숟가락을 들었다. 또다시 최계성이 어른스럽다고 생각했다.

한상영도 그랬다. 무엇을 먹더라도 나와 고진우를 둘러보며 "자, 먹자." 이렇게 말했었다. 나는 그렇게 말해 본 적이 없다.

밥을 한술 떴을 때였다. 와작거리는 소리가 났다. 최계성이 반

찬을 씹는 소리였다. 그 소리를 듣기 전까지 식탁에 게튀김이 있는 줄 몰랐다.

최계성이 젓가락으로 게를 하나 더 집었다.

"그거 게야?"

나는 숟가락을 밥그릇 위에 놓으며 물었다.

"응, 칠게."

최계성이 말했다.

최계성이 칠게튀김을 권하지 않아서 다행이었다. 나는 고개를 수그린 채 밥과 시래기된장국을 먹었다. 최계성이 칠게 씹는 소리를 낼 때마다 조금 끔찍했다. 그러나 그 감정을 숨기면서 어른스럽게 밥을 먹으려고 노력했다.

설거지는 내가 했다. 최계성은 조리대에 있는 커다란 나무 도마에 물을 뿌려 가며 갈치를 손질했다.

"칼 솜씨가 장난이 아닌데?"

속으로는 감탄했지만 겉으로는 놀리는 것처럼 말했다.

"너도 설거지 솜씨가 장난 아니야."

우리는 서로를 쳐다보지 않으면서도 둘 다 웃고 있다는 것을 알았다.

언제나 예상하지 못했던 일이 생기고 마음이 변하고 사이가 틀어진다. 학년 초만 하더라도 나는 한상영과의 사이가 틀어지리라고는 예상하지 못했다. 마라탕을 먹으러 어느 집으로 갈 것인가를 두고 의견이 달라 다툼이 일어났던 일을 돌아보면, 아주 사소한 일로도 돌이킬 수 없이 사이가 틀어져 버리는 것이다.

만약에 그때 내 의견을 버리고 한상영이 가자는 마라탕집으로 군말 없이 갔다면, 우리는 여전히 함께 어울려 다니고 있을까?

그러나 이런 상상은 불합리하고 불가능하다. 왜냐하면 아직도 그때 가지고 있던 나의 의견을 버리지 못하고 있기 때문이다. 그 상황이 되돌아와서 내게 그 아이들과 어울릴 기회를 한 번 더 준다고 해도, 나는 그때의 의견을 버릴 수 없을 것 같다.

한상영이 제안했던 집은 내가 가기 싫었다. 그 집 아저씨는 우리를 조금 거칠게 대했는데, 한상영은 도리어 그 아저씨를 친근하게 느끼는 것 같았다. 자기를 함부로 대하는데도 알랑거리는 한상영이 나는 이상했다. 내가 가자고 했던 집은 말수가 별로 없는 아주머니가 운영하는 집으로, 손님은 적었으나 조용했다. 무엇보다 기분 상할 일이 없었다. 안심해도 좋은 집이었다.

마라탕이 아니라 다른 음식을 택할 수도 있지 않았을까?

마라탕을 포기하고 다른 음식을 먹으러 갔다면 상황이 달라졌을까?

그러기에는 내 마음이 이미 너무 상했다. 한상영이 나를 대놓고 비난했기 때문이다.

한상영은 고진우한테도 종종 비난조로 말했다. 그래도 고진우는 여전히 한상영과 잘 지내는데, 내가 너무 예민한 것인가?

별일도 아니고, 다른 사람들도 숱하게 겪는 일에 대해서 내가 비정상적으로 예민한가?

아까 나는 최계성과도 다퉜다.

너무 괴로워서 학원도 안 가고 곧바로 집으로 돌아왔다. 최계성이 한 짓을 나는 도저히 받아들일 수가 없었다.

설거지를 마치고 접어 올렸던 교복 소매를 다시 내릴 때까지만 해도, 나는 최계성과 앞으로 잘 지낼 수 있을 것 같았다. 최계성은 식당 출입문에 드리워진 블라인드를 걷어 올렸다. 기울어 가는 햇빛이 직사각형 모양으로 벽에 맺혔다.

나는 벽에 걸린 시계를 보았다. 학원으로 출발할 시간이 다 되었다. 나는 가방을 멨다.

"너 동전 가진 것 있냐?"

최계성이 내게 물었다.

"어, 동전? 있어. 얼마나? 뭐 하게?"

나는 가방을 다시 벗어 의자에 내려놓았다. 내 손은 이미 가방을 열고 용돈을 넣어 두는 칸으로 들어가고 있었다.

"있으면 몇 개 줘 봐. 같이 하게."

나는 영문을 몰랐지만 최계성의 손바닥에 동전 몇 개를 떨어뜨렸다. 최계성은 다른 손으로 바지 주머니에서 동전 몇 개를 더 꺼내 둘을 합했다. 나를 향해 기대하라는 표정을 해 보이고는 식당 문을 열어 놓은 채 밖으로 나갔다.

나는 가방을 다시 짊어졌다.

다른 학교 교복을 입은 여자아이들이 식당 앞을 지나가고 있었다. 여자아이들은 자기들끼리 이야기를 주고받고 서로의 어깨를 때리며 웃었다. 웃음소리가 출렁이고, 여자아이들 머리 위로 주황빛 석양이 일렁였다.

여자아이들이 다 지나가자 초록색 차양 아래 음료수 자판기가 모습을 드러냈다. 그 앞에서 최계성이 웃으며 내 쪽으로 돌아서고 있었다.

"뭐 하냐? 나 이만 갈게."

식당으로 들어오는 최계성에게 말했다.

"네 거도 같이 넣어 놨으니까, 보고 가."

최계성이 식당 문 가까운 의자에 앉으면서 말했다. 밖을 내다볼 수 있는 자리였다.

"무슨 말이야, 너?"

내가 물었다. 잘 모르는 일에 휘말려 들어가는 듯 답답했다.

"보면 알아."

최계성이 손을 뻗어 옆에 서 있는 내 팔을 탁탁 쳤다. 이제부터 일어날 일을 기대해도 좋다는 뜻 같았다.

나는 답답함을 견디며 잠시 더 서 있었다.

이윽고 지팡이를 짚으며 느리게 걷는 노인이 나타났다. 최계성이 자세를 바로잡을 때까지도 나는 사태를 파악하지 못했다. 노인은 베레모를 쓰고 넥타이까지 멘 단정한 차림이었다. 그런데 그 노인이 자판기 앞을 지날 때, 팔만 옆으로 뻗어 손가락을 동전 반환구에 집어넣는 것이었다. 나는 노인의 입가에 어린 웃음을 보는 것과 동시에, 최계성이 무슨 짓을 했는가 알아차렸다. 둘이 모은 동전을 그곳에 넣어 두고, 자판기를 사용한 사람들이 잊고 가져가지 않은 동전인 것처럼 노인을 속인 것이다.

"너, 도대체 무슨 짓을 한 거야?"

혹시라도 내 목소리가 식당 밖으로 새어 나가 노인에게 닿을까 소리를 억누르며 말했다. 최계성이 나를 돌아보았다. 어리둥절한 얼굴이었다.

"무슨 짓을 한 거냐고!"

노인이 이제 사라졌기 때문에 나는 소리를 높였다.

"보면 모르냐? 너랑 나랑 저 할아버지를 아무도 모르게 도와준 거지."

50

"뭐라고? 도와준 거라고?"

내가 다시 물었다.

"너, 왜 이래?"

최계성이 자리에서 벌떡 일어났다.

"사람을 속이는 거지, 이게 돕는 거냐?"

나는 최계성에게 몸을 들이밀며 큰 소리로 따졌다.

"그럼! 돕는 거지. 속이는 거 아니야!"

최계성이 단호하게 말했다.

"치사한 자식."

식당 문을 박차고 나오면서 참았던 말을 뱉었다.

"뭐라고? 너, 너, 다시 말해 봐."

최계성이 따라 나오면서 외쳤다. 나는 돌아보지 않았다. 치사한 자식이라고 세 번쯤 혼잣말을 하면서 걸었다.

누가 치사한 것이지?

한참 후에, 스스로에게 이런 질문을 해 보았다. 최계성이 한 일은 개 주장대로 노인을 돕는 일이다. 그런데 왜 치사하다는 생각이 드는 걸까? 나는 스스로에게도 해명해 주지 못했다.

나는 최근에 누구를 도와준 적이 있는가?

누구를 돕는 일이라고는 단 한 가지도 하지 않았으면서 최계성을 치사하다고 할 수 있나?

최계성이 차려 준 밥을 먹고 나서, 그까짓 일을 가지고 기분이 상해서 이렇게 인사도 없이 튀어나와 버린 내가 더 치사한 게 아닐까?

"아무리 그렇더라도 치사한 건 치사한 거야!"

나는 거의 소리를 지르는 것처럼 혼잣말을 했다.

이러다 영원히 친구를 사귀지 못하면 어쩌지?

나한테 무슨 문제가 있나?

마음이 너무 아팠다. 마치 커다란 게가 집게발로 내 마음을 꽉 깨물어 버린 것처럼.

집에 도착해서도 내 방으로는 못 들어갔다. 방으로 들어가면 다시 밖으로 나오기가 힘들 것 같았다.

나는 엄마 작업실로 갔다. 코끼리 양탄자 위에 가방을 베고 누웠다. 엄마는 다른 지방으로 그림을 가르쳐 주러 갔다. 그곳 사람들과 저녁을 먹고 늦게 돌아온다고 했다.

잠결에 무엇인가, 게 같은 것이, 삭삭삭삭 방바닥을 기어서 내게로 다가오는 소리를 들었다. 잠을 깨고 보니, 색연필로 도화지에 빗금을 긋는 소리였다. 엄마가 돌아왔구나. 나는 이불을 덮고 있었고, 가방 대신에 베개를 베고 있었다.

엄마 책상에만 불이 켜져 있었다. 내가 있는 곳은 어둑했다. 다시 잠들고 싶었다. 나는 벽 쪽으로 돌아누웠다.

"밥은 먹었니?"

등 뒤에서 엄마가 물었다. 잠 깬 것을 표내지 않으려고 했지만 소용없었다.

"최계성네에서 먹었어."

"친구 생겼어?"

"잘 모르겠어."

"왜?"

"다퉜거든."

엄마는 더 이상 묻지 않았다.

색연필로 빗금을 긋는 소리가 작업실을 채웠다.

"게 이야기 해 줄까?"

엄마가 낮은 목소리로 물었다.

나는 대답하지 않았다.

또 게라니. 이상하게 게가 많이 나오는 날이다.

"어떤 게가 어부에게 잡혀서 어물전 주인에게 넘겨졌어. 다른 게들과 함께 시장 좌판 함지박에 담겨 있었는데, 큰 게들끼리 싸움이 벌어져서 그 게는 그만 함지박 밖으로 밀려나게 되었대. 게는 당황해서 죽은 것처럼 가만히 있었는데, 지나가던 한 소년이

게를 발견하고는, 그 게를 구해 주고 싶었지. 그런데 그게 그렇게 단순하지가 않은 거야. 그 게는 우선 어물전 주인 거니까 주인에게 돌려줘야 마땅하잖아. 그렇게 하면 구해 주나마나가 되는 거고, 그렇다고 집으로 가져갈 수도 없는 노릇이야. 바다에서 사는 게를 집에서 키울 자신도 없을 뿐만 아니라, 남의 게를 훔친 게 되는 거잖아. 소년은 잽싸게 게를 집어서 주머니에 넣었지. 그리고 바다까지 거의 쉬지 않고 달려가 그 게가 어부에게 잡히기 전의 상태로 되돌려주었대."

엄마 이야기를 듣는 건 오랜만이었다.

"그렇게 해서 다시 바다에서 살 수 있게 된 게를 그릴 계획인데, 어때?"

엄마가 물었다.

"그 소년 말이야, 게를 살려 주고 나서 어떤 마음이었을까 궁금해."

내가 말했다.

낮에 그렇게 헤어지고 나서 최계성은 어땠을까?

"누가, 자기가 좋은 일을 한다고 나한테 자랑했어. 근데 도와주는 과정도 좀 이상하고, 그런 걸 자랑하는 게 치사하게 느껴져서 화를 냈어."

엄마는 말이 없었다. 나는 엄마의 답을 기다리지 못했다.

"그래도 걔는, 이름은 최계성이야. 남을 도와주려는 마음이 있었고 최계성은 그렇게 했어."

내가 혼잣말처럼 말했다.

삭삭삭삭.

대답 대신 색을 칠하는 소리가 났다. 그 소리를 듣고 있으니 잠이 쏟아졌다.

"양치질하고 자."

엄마가 말했다.

"내일 할게."

잠으로 빠져들면서 대답했다.

커피 향에 잠을 깼다. 엄마는 없다. 아침 산책을 나갔을 것이다. 교복을 입은 채로 자 버렸다.

일어나야 한다. 학교에 가야 한다.

카톡이 왔다. 가방에서 핸드폰을 꺼냈다.

— 학교 같이 가자

최계성이다. 잠시 망설였다.

— 좋아

답을 보냈다.

— 햇살공원에서 만나

— 응

— 어제 왜 그렇게 화를 냈는지 궁금하다. 학교 가기 전에 설명해 줘.

자리에서 벌떡 일어났다.

어제의 다툼이 이어지면 어떻게 하지?

걱정이 일었다. 그러나 바로 답을 보냈다.

— 좋아

나는 솔직하게 말하기로 결정했다. 영영 틀어져서 친구가 못 되어도 어쩔 수 없다고 생각하니 담담해졌다.

엄마 책상에는 게 한 마리가 그려진 도화지가 놓여 있었다. 어제 보았던 칠게인데, 오늘은 주황색 색연필로 그려져 있었다. 엄마가 남겨 둔 커피를 마셨다. 여전히 썼지만 마실 만했다.

"남을 돕고 그걸 자랑하는 게, 좀 치사하다는 생각이 안 드냐?"

최계성에게 할 말을 미리 연습했다. 너무 도전적인가?

"어제는 네가 남을 돕고 그것을 나한테 자랑하는 것 같아서 좀 치사하다는 생각이 들었어."

이게 낫겠다. 노인을 속이는 것에 대해서는 정말 어떻게 생각하느냐고도 물어봐야겠다.

머릿속에 주황색 칠게가 나타났다. 집게발로 하늘을 푹푹 찌르면서, 옆으로 기어가면서 내게 말했다.

"혼잣말하지 마라."

웃음이 났다. 맞장구를 쳐 주고 싶었다.

"좋아."

칠게에게 말했다. 가방을 메고 엄마 작업실을 나섰다.

잘 그려진 마음 어린 터 계단

서령과 나는 소망빌라 뒤편 벤치에 앉아 있었다. 학원 끝나고 각자의 집으로 돌아가기 전에 우리가 잠시 앉아 있다가 헤어지는 곳이었다.

벤치와 소망빌라 사이에는 우리가 어렸을 때부터 놀던 놀이터가 있었는데, 얼마 전에 놀이기구들이 모두 철거되었다. 놀이기구들은 철거되기 전에 한동안 접근 금지를 알리는 노란색 테이프를 휘감고 있었다. 우리는 접근 금지를 무시하고 어렸을 때처럼 시소도 타고 철봉에 매달리거나 정글짐을 오르내리며 며칠을 놀았는데, 어느 날 학원 끝나고 와 보니 다 사라지고 보이지 않았다.

놀이터는 벤치 하나만 남은 공터가 되었다. 공터는 도토리나

버섯, 대추를 말리는 데 이용되었다. 어느 집에서는 빨래 건조대를 세워 놓고 이불을 내다 말리기도 했다. 노는 아이들이 없는 모래밭에는 풀이 나기도 했지만, 공터 대부분은 늘 비질이 잘 되어 있어 환하고 깨끗했다.

벤치에 앉아 있으면 소망빌라의 뒷모습을 한눈에 볼 수 있다. 가장 높은 층 맨 왼쪽 끝 창문이 서령의 방이다. 창문은 조금 열려 있었다. 레이스가 달린 커튼이 살짝 흔들렸다.

서령이 자기 방 창문을 올려다보았다.

"너, 우리가 유치원 때 했던 맹세 기억나?"

서령이 물었다. 나는 빙긋 웃었다. 서령이 이야기를 시작하려는 것이다. 나는 서령이 들려주는 이야기를 좋아했다.

"몰라."

고개를 살래살래 흔들면서 대답했다.

서령의 이야기를 기다릴 때마다 나는 늘 모른다고 대답했다.

"너하고 나하고 침대에 올라 나란히 벽을 보고 앉아서 색연필로 하트를 그렸어. 내가 먼저 하트 반쪽을 그리고 네가 이어서 나머지 반쪽을 그린 다음에, 나는 네 이름 유호정을 적었고, 너는 내 이름 이서령을 적었어. 그런 다음에 우리는 영원한 우정을 맹세했어. 기억나?"

서령이 이야기를 멈추고 물었다. 이상했다. 서령의 이야기에는 내가 등장하는데 나는 그 일이 전혀 기억나지 않았다.

"아니, 기억 안 나."

"그래? 그럼 계속해 볼게. 할머니가 벽에 낙서했다고 뭐라고 하실까 봐 그 하트를 당나귀 인형으로 가려 놨어. 밤에 잠을 자려고 침대로 가서 당나귀 인형을 끌어안으면, 하트와 네 이름과 내 이름이 나타나. 나는 우리의 이름에게 인사를 하고 불을 끈 다음 잠들어. 이제, 우리가 맹세한 거 기억나?"

"모르겠어."

내가 대답했다. 서령이 서운해할까 걱정이 되었지만, 솔직하게 말했다.

나는 서령의 방에 자주 놀러 갔었다. 침대에 놓인 당나귀 인형은 기억났다. 하트를 본 기억은 없다. 하트는 늘 당나귀 인형에 가려져 있었을 것이다.

"내가 기억 못 해서 서운해?"

내가 물었다.

"아니."

서령이 고개를 흔들었다. 빙긋이 웃고 있었다.

"설마, 지어낸 이야기야?"

내가 깜짝 놀라며 물었다. 서령의 이야기를 듣고 있으면 진짜 있었던 일인지 서령이 지어낸 이야기인지 헷갈릴 때가 많았다.

"아니, 정말 하트 있어."

서령이 대답했다. 손가락으로 자기 방을 가리키기까지 했다.

"아주 작아서 잘 안 보여."

서령이 이 정도로 말한다면 정말로 하트가 있는 것이다. 만약 지어낸 이야기였다면, 내가 헷갈려서 다시 물어볼 때쯤에 사실을 밝혀서, 더 이상 헷갈리지 않도록 해 주었을 것이다. 진짜로 하트가 있기 때문에 서령은 우리가 유치원 때 한 일을 아직도 기억하고 있는지도 모른다. 매일 밤 하트를 보며 인사를 했다면 잊을 수가 없을 테니까.

얼마 안 있으면 그 하트도 놀이터처럼 사라진다. 하트가 있는 벽도 사라진다. 그런 날이 다가온다고 생각하면 기분이 이상해 졌다.

당연한 일인데도 이상하게 느껴지는 순간들이 있다.

언젠가 서령과 함께 세제를 쓰지 않고도 사용할 수 있는 수세미를 짜기로 했었다. 우리는 직접 뜨개질집에 가서 실과 바늘을 고르기로 했다. 뜨개질집 구경도 하고 싶었다.

약속한 날에 서령에게 일이 생겨서 뜨개질집은 나 혼자 갔다. 네이버 지도가 알려 주는 대로 갔다. 낯선 길이었다. 어느 길로 가야 하는지 확실하게 알 수 없는 곳이 있어서, 자전거 가게 앞에서 자전거를 수리하는 아저씨에게 길을 물어서 찾아갔다. 길

모퉁이에 뜨개질집이 있었다.

"정말, 있구나."

지도에 나와 있는 뜨개질집이 거기 있는 것은 당연했다. 그런데도 나는 신기하고 이상해서 문밖에 한참 서 있었다.

유리 출입문에는 하트와 꽃 모양의 수세미들이 걸려 있었다. 분홍색과 빨간색이 많았고 반짝이도 있었다. 가게 안에서는 여자들이 모여 앉아서 뜨개질을 하고 있었다. 한쪽 벽이 색색의 실타래들로 가득 차 있었다.

오래지 않아 나와 서령이 살고 있는 집이 사라진다. 이미 다 아는 사실이었다. 그날이 닥치면 당연하게 그렇게 될 것이다. 그런데 그렇게 될 거라고 생각하면 이상한 기분에 휩싸였다.

우리는 한동안 말없이 앉아 있었다.

"하트 이야기를 오래 기억할게."

내가 말했다.

"고마워."

서령이 웃으며 대답했다.

집에 갈 시간이었다.

"갈게."

가방을 들고 일어났다.

"내일 만나."

서령이 인사했다.

학원을 다녀와서 벤치로 왔다. 학원은 나 혼자서 갔다 왔다.

서령은 할머니와 친척집에 갔다. 서령이네 이사 가는 일로 할머니와 친척이 상의할 게 있는데, 할머니가 인사도 드릴 겸 같이 가자고 하셨단다. 서령은 할머니와 단둘이 살았다.

나는 벤치에 앉았다. 얼마 안 있으면 사라질 소망빌라가 아직 눈앞에 있었다.

지금처럼 늦은 오후의 햇살이 소망빌라 뒤편으로 쏟아질 때면, 붉은 벽돌을 쌓아 만든 벽과 유리 창문들이 무척 아름다워졌다. 기울어 가는 빛을 비스듬히 받으며, 벽돌들은 저마다의 색을 환하게 드러냈다. 처음에는 똑같은 색깔이었겠지만, 지금은 같은 색을 거의 찾아볼 수 없다. 선홍색에서부터 붉은색과 갈색과 고동색, 그리고 이끼가 살아서 초록빛을 띠는 것도 있다.

바람 부는 날이면 건물 모퉁이에 있는 벽돌에서 붉은 흙먼지가 피어오르기도 했다. 땅 가까운 곳에 있는 벽돌과 벽돌 사이에서는 민들레가 뿌리를 내리고 자라다가 꽃을 피웠다.

겨울에는 땅에서 발돋움하는 것처럼 얼음이 벽을 타고 올라갔다. 개미 떼가 길게 벽을 지나가기도 했었다. 서령과 나는 개미들이 어디에서 나와 어디로 가는지 찾아보려고 했지만 헛일이었다.

우리는 결코 알 수 없을 것이라고 결론지었다.

핸드폰을 꺼내 보았다. 서령은 연락이 없다.

서령의 방 창문을 올려다보았다. 창문은 닫혀 있었다.

"서령아!"

두 손으로 나팔을 만들어 입에 대고 불렀다.

"서령아!"

내 소리 말고는 주위가 조용했다. 나는 한동안 기울어져 가는 햇빛 속에 가만히 앉아 있었다.

"호정아!"

서령이 나를 불렀다. 나는 그쪽으로 고개를 돌렸다. 서령이 저 멀리서 뛰어오고 있었다. 나는 서령을 맞이하기 위해 자리에서 일어났다.

"늦어서 미안해."

서령이 가방에서 백설기를 꺼내 주었다. 친척이 준 것이라고 했다. 우리는 벤치에 앉았다.

나는 두 다리를 흔들면서 백설기를 먹었다. 건포도와 단호박이 들어 있는 백설기였다. 부모님이 퇴근하기 전에 해 놓아야 할 집안일들이 떠올랐지만 서령과 헤어지기 싫었다.

서령을 돌아보았다. 서령은 딴생각에 빠져 있었다. 나는 입안에 남은 떡을 삼켰다.

지금처럼 서령이 곁에 있는데도 없는 것 같이 느껴지는 순간이 있다. 눈을 가느스름하게 뜨고 긴 속눈썹을 파르르 파르르 떨면서, 아무것도 담기지 않는 꿈결 같은 눈빛으로, 자기 속생각을 헤아려 보느라고, 곁에 있는 나는 떡이나 먹게 하고.

내 마음에서야 조바심이 일어나지만, 서령이 나를 다시 찾을 때까지 잠자코 기다릴 수밖에 없었다. 서령은 나를 꼭 다시 부를 테니까. 자기가 더듬어 보고 정리한 속생각들을 이야기해 줄 테니까.

먹다 남은 떡을 다시 포장해서 가방에 넣었다. 나는 눈을 감고 마치 볕에 얼굴을 담그는 것처럼 고개를 쳐들었다. 두 볼이 점점 따뜻해졌다.

"흠, 따뜻해."

일부러 소리를 내어 말했다. 서령의 반응을 기다렸다. 서령은 잠잠했다.

햇빛이 감긴 눈꺼풀을 통과해서 주황빛 넘실거리는 빛의 바다를 내 앞에 펼쳐 놓았다. 더 짙은 주황색 점들이 그 바다를 떠다녔다.

"너, 그 이야기 알아?"

서령이 내 귓전에 속삭였다. 내가 알 리 없는 이야기를 이제 막 시작하려는 거다.

"아니, 몰라."

나는 눈을 뜨지 않고 고개를 살래살래 흔들며 대답했다.

"그럼, 내 이야기 들어 볼래? 조금 전에 떠오른 이야기야."

나는 바로 대답하지 않고 새침을 떨었다. 속으로는 서령의 이야기가 몹시 기대되었지만 아닌 척했다. 내가 이럴수록 서령은 이야기에 정성을 들였다. 내가 잘 들어 주어야만 그 이야기가 생명을 얻기라도 하는 것처럼 말이다.

나 또한 서령의 이야기에 깊이 몰입하면, 그 순간 나 자신이 서령의 이야기로만 이루어진 것 같은 착각이 일기도 했다. 그 착각의 순간이 가장 황홀했다. 내가 서령의 이야기를 너무 좋아해서 빛이 나고 찬란해지는 순간이었다.

"좋아."

나는 눈을 반짝 뜨며 마치 허락이라도 하는 것처럼 말했다. 서령에게 가까이 옮겨 앉았다.

"얼마 전에 우리 할머니가 이야기해 준 건데."

서령이 이야기를 시작했다.

"어떤 두 사람이 사이가 무척 좋았대. 두 사람은 자주 만날 일은 없어도 먼발치에서 서로의 모습을 보는 것만으로도 너무 좋아서, 늘 마음이 벅찼대. 두 사람은 조용한 성격이어서 마을 사람들은 두 사람의 사이가 그렇게 좋은 것을 몰랐어. 그래서 그들의 남다른 사이를 귀신같이 알아차린 존재는 시샘을 먹고 사는 귀신뿐이었대. 두 사람 사이가 너무 좋았기 때문에 이 귀신이 먹고살 시샘이 마구 넘쳐 났지. 그 시샘을 배불리 먹으면서도 귀신은 시샘이 나서 더 이상 참을 수가 없었어. 결국 두 사람 사이를 훼방 놓기 시작했대. 이 귀신이 두 사람을 갈라놓기 위해서 어떻게 했냐면, 한 사람이 다른 사람 쪽으로 가는 길에 큰 바위가 굴러 떨어지게 하거나, 천둥번개를 떨어뜨리고 폭우가 쏟아지게 하고, 마침내는 앞길이 무너지게 했대. 또 다른 쪽 사람이 이쪽 사람에게 가려고 하자, 귀신이 그 사람의 눈앞에서 자꾸만 얼쩡대고 호리기도 해서 잘못된 길로만 가게 하는 거야."

서령이 이야기를 멈추고 뜸을 들였다.

"그래서 어떻게 됐어?"

나는 참지 못하고 다그쳐 물었다. 이야기에 나오는 두 사람의 마음이 얼마나 애달플까 생각하니 남의 일이 아닌 것처럼 안타까웠다.

"할머니가 그러는데, 너무 가깝게 지내도 귀신들이 훼방을 놓는대."

나는 하마터면 "우리처럼?" 하고 물을 뻔했다. 괜히 긴장이 됐다.

"그래서 두 사람은 어떻게 됐어?"

긴장을 숨기고, 이번에는 조금 태연한 자세로 물었다. 속에서는 안달이 났다. 두 사람은 사이가 벌어지게 되었을까? 누군가 서령과 나 사이를 훼방 놓으면 어떻게 하지? 훼방꾼에게 우리는 그렇게 가까운 사이가 아니라고 할까? 차마 그렇게 말할 수는 없을 것 같았다.

시간이 별로 없었다. 저녁 식사 전 집 청소는 내 몫이었다. 이제 집으로 돌아갈 시간이다. 그렇다고 이야기의 결말을 듣지 못하고 일어날 수는 없었다.

"두 사람은 그래서 어떻게 됐어?"

느긋한 척하며 한 번 더 물었다. 서령이 빙긋 웃고서 이야기를 이어 나갔다.

"한 사람은 무너진 길 앞에 주저앉아서 울고 있었대. 그때 다른 사람은 자꾸만 딴 길로 가고 있었기 때문에 둘 사이는 점점 멀어지고 있었지. 그런데 주저앉은 사람의 눈물이 흘러 흘러서 딴 길을 가는 사람 발 앞까지 닿은 거야. 귀신에게 홀렸던 사람은 눈물이 발을 적시자 정신을 차렸대. 곧바로 홀린 길을 버리고 눈물길을 거슬러 올라가서 두 사람은 마침내 만나게 되었다는 거야."

흐르는 눈물을 길 삼아 걷는 사람이 떠올랐다. 아무리 귀신이 훼방을 놓아도 두 사람은 서로를 향한 새로운 길을 만들어 냈다.

귀신이 패배했다. 안심이 되었다.

"뭐야, 그 귀신 먹고 살 시샘이 산더미처럼 많아졌겠다."

내가 말했다.

"정말, 그렇지?"

서령이 대꾸했다.

우리는 소리 내어 웃었다.

"가 봐야 돼."

웃음이 가라앉고 조금 있다가, 자리에서 일어나며 말했다.

"나도. 내일 또 만나."

서령도 뒤따라 일어나며 인사했다.

학원 마치고 혼자 집으로 향했다. 서령은 어디에 들렀다가 벤치로 오기로 했다. 나는 서령과 동시에 닿기를 바라며 느릿느릿 걸었다.

소망빌라 앞에는 옆으로 긴 2층 건물이 있다. 1층에는 소망세탁소와 소망슈퍼와 소망미용실과 소망부동산이 있다. 2층은 소망교회다. 슈퍼와 부동산과 미용실은 아직 문을 닫지 않았다. 세탁소는 다른 곳으로 이전을 했다. 닫힌 문 앞에 어디로 옮겨 갔는지 표시해 놓은 지도가 붙어 있었다. 가까이 다가가서 지도를 살펴보았다. 내가 모르는 곳이었다.

벤치로 갔다. 서령은 아직 안 왔다.

사람들이 이사 가며 공터에 가구들을 내놓았다. 장롱과 화장대와 식탁과 의자들, 서랍장과 침대와 소파들은 대형 폐기물 스티커를 붙이고 있었다. 그리고 다리미대, 진공청소기와 거울과 유아용 변기도 있었다.

나는 가구들 사이를 거닐었다. 버려진 물건인데도 환한 빛 가운데 있었다.

"햇빛 때문인가?"

혼잣말을 하며 기울어 가는 해를 한번 쳐다보았다.

텔레비전과 선풍기가 있고 훌라후프도 있었다. 나는 훌라후프를 돌리면서 동양화 액자와 노끈으로 묶인 오래된 책들 사이를 오갔다.

"서령아!"

서령의 이름을 부르며, 서령의 방 창문을 향해 한 손을 흔들었다.

내 부름을 듣기라도 한 것처럼 카톡이 왔다. 나는 훌라후프를 돌리면서 카톡을 확인했다. 서령은 조금 늦는다고 했다. 나는 알겠다고 답을 보냈다. 훌라후프가 원래 있던 곳까지 훌라후프를 돌리며 갔다. 훌라후프를 그 자리에 다시 두었다.

서랍장에는 아이들이 붙여 놓은 스티커들이 다닥다닥 붙어 있었다. 장롱 문을 열어 보았다가 다시 닫았다. 아기 침대 매트리스 옆에 파란 소파가 있었다. 소파는 가운데가 움푹 꺼져 있었다. 나는 소파에 앉아 보았다. 꺼진 쪽으로 몸이 기울었다. 편하지 않았다. 식탁 의자에 앉았다. 대형 폐기물 스티커를 깔고 앉아야 했다. 식탁과 의자는 새것처럼 깨끗했다. 나는 다른 의자를 내 가까이로 끌어당겨 서령의 자리를 만들었다.

우리 집 식탁도 여기에 남게 될 것이었다. 이사 날이 결정된 저녁 식사 자리에서 엄마는 미리 버렸으면 하는 가구들을 알려 주었다. 식탁이 포함되어 있었다.

우리 집 식탁은 다리가 흔들려서 아빠가 몇 차례나 나사못으로 죄었는데도 얼마 못 가 다시 흔들렸다. 내가 태어나기 전부터 있던 식탁이라고 했다.

엄마는 식탁을 놔두고 가는 것에 대해서 내 의견을 물었다. 나는 식탁은 엄마가 알아서 했으면 좋겠지만 내 방에 있는 가구들은 모두 가져 가고 싶다고 말했다. 엄마는 그러라고 했다.

내 서랍장 맨 아래 칸은 서령에게서 받은 선물을 모아 두는 곳이다. 나는 선물을 넣을 때 말고는 그 칸을 잘 열지 않는다. 그러나 이사 가기 전에 어쩔 수 없이 그 서랍을 열어 따로 정리해야 할 것이라고 생각하는 참에, 서령이 왔다. 나는 서령에게 식탁 의자에 앉도록 안내했다.

"철물점 다녀오느라고 늦었어."

서령이 의자에 앉으며 말했다. 손에 든 비닐봉지를 식탁 위에 놓았다. 나는 비닐봉지에 든 것을 하나씩 꺼내 보았다.

성공성냥, 연꽃양초, 소원향.

물건들이 내 마음을 잡아끌었다. 나는 핸드폰으로 사진을 찍었다.

"할머니 심부름이야?"

서령에게 사진을 보여 주며 물었다.

"응, 할머니가 사 오라고 했어."

서령이 사진을 보며 말했다.

서령이네는 상가 건물 3층에 있는 집으로 이사를 갈 예정이었다. 1층은 메밀국수집이고 2층은 학원이고 3층에 살림집이 있다고 했다. 그 집에 살던 사람들이 이사를 가서 할머니와 할머니 친구 두 분이 이따 고사를 지내러 간다는 것이다. 빈집에서 할머니들이 고사를 지낸다니, 너무 근사할 것 같았다.

"나도 가면 안 될까? 우리 같이 가 보자."

말을 하고 나니, 가서 보고 싶은 마음이 더 간절해졌다. 서령은 내가 부탁하면 들어주지 않고는 못 배겼다.

"할머니한테 말해 볼게. 너무 기대는 하지 마."

성냥과 양초와 향을 비닐봉지에 다시 담으며 서령이 말했다.

내 부탁을 들어주기 위해서, 좋은 생각을 짜내려는 표정이었다.
우리는 일단 헤어졌다가 다시 만나기로 했다. 나는 해야 할 일들
을 하나하나 떠올리며 집으로 달려갔다.

우리는 벤치에서 다시 만났다.
"뭐 하려고, 늙은 사람들 모이는 데 오려고 하는가?"
서령이네 할머니는 이렇게 말했다고 했다.
내가 듣기에 할머니 말은 반대의 의견이 아니라 질문이었는
데, 서령은 그렇게 생각하지 않았다. 할머니가 허락하지 않는 걸
로 받아들였다.
나는 쉽게 포기할 수 없었다. 할머니는 질문을 한 것이 아니냐
고 따져 물었다. 서령은 곧이곧대로 해석하면 질문이라고 할 수
있지만, 단순한 질문이 아니라 그 일을 만류하는 할머니의 속마
음이 포함된 것이라고 설명했다. 서령의 말에 수긍이 되었다. 그
렇더라도 꼭 가 보고 싶었다. 막판에는 서령에게 거의 조르다시
피 했다. 그래서 우리는 엿보기로 했다.
우리는 서둘러 상가 건물로 갔다. 살금살금 날렵하게, 아무에
게도 들키지 않으려고 몸을 낮춘 채 3층 옥탑으로 올라갔다. 해
는 저물었지만 아직은 어둡지 않았다.
현관문은 닫혀 있었다. 안에서 할머니들이 이야기를 나누는

소리가 들렸다. 서령과 나는 안을 들여다볼 수 있는 곳을 찾아 한 바퀴 빙 돌았지만 찾을 수 없었다. 창문과 베란다에는 불투명한 유리가 끼워져 있었다. 예상하지 못한 일이었다.

나는 실망하면서도 뭐 다른 방법이 없을까 궁리했다.

우리는 집 모퉁이 처마 아래에 놓인 의자에 앉았다. 의자 앞에 둥근 테이블도 있었다. 테이블 한가운데에는 이사 간 사람들이 두고 간 듯한 붉은 파라솔이 꽂혀 있었다. 테이블 옆에는 노란 국화가 핀 화분도 있었고 파가 자라는 화분도 있었다.

향냄새가 났다. 할머니들이 고사를 시작한 모양이었다.

"그냥 무턱대고 들어가 볼까?"

서령에게 물었다.

"안 돼."

서령은 단호했다.

더 우기지 못했다. 우리가 그렇게 한다면 고사를 망칠지도 몰랐다. 나는 너무 실망스러워서 머리가 바닥에 닿을 지경으로 고개를 푹 수그렸다.

"그런데 너, 그거 알아?"

서령이 내 가까이로 의자를 옮겨 오며 속삭였다. 실망한 나를 달래는 목소리였다.

"몰라."

숙인 고개를 더 숙이며 말했다.

"그럼, 이제부터 잘 들어 봐."

서령이도 나처럼 고개를 숙이고 낮은 목소리로 이야기를 시작했다.

"지금까지 이 이야기를 아는 사람은 세상에서 나뿐이었어. 이제부터 내 이야기를 들으면, 너랑 나만 아는 이야기가 되는 거야."

나는 고개를 조금 들었다. 할머니들의 고사를 보지 못하는 현실을 인정해야 했다. 그렇더라도 실망한 마음이 단박에 회복되지는 않았다.

서령이도 고개를 들었다. 내게 몸을 더 기울이며 이야기를 이어 나갔다.

"이사를 나간 집에는 망설이는 귀신들이 남아 있대. 이사 가는 사람들을 따라 갈까, 아니면 그냥 살던 집에 남아서 새로 온 사람들과 함께 살까 망설이는 거야. 얘들은 아주 작아서 해로운 귀신들은 아니래. 아까 할머니가 집에서 팥을 가져가셨는데, 빈집에 팥을 뿌려 놓고 나오면 붉은색을 좋아하는 걔네들이 좋아라 하며 팥을 가지고 논대. 타닥타닥 소리를 내며 계속 가지고 놀다가 망설이던 것을 잊고, 망설이고 있었다는 것도 잊어버린대. 그러다가 그 집으로 이삿짐이 들어가면, 처음 보는 신기한 것들에

정신이 팔려 팥을 잊는데, 그때 팥을 쓸어 내 버리는 거야. 걔네들은 그렇게 새로 온 사람들과 같이 살게 되고."

나는 다른 때처럼 서령의 이야기에 쉽게 빠져들지 못했다. 심지어 조금 시시하다는 생각마저 들었다. 서령이가 이야기를 중단하고 나를 살폈다.

"지금 막 지어낸 거지?"

내가 기회를 노렸다는 듯이 대뜸 물었다.

"응?"

예상하지 못한 질문이었는지 서령이 몸을 뒤로 물리며 되물었다.

속으로 아차 싶었다. 내 마음이 상했다는 이유로 나를 향한 서령의 정성을 깨뜨려 버린 것이다. 그러나 한번 뱉은 말을 다시 담을 수는 없었다.

나는 허리를 곧게 펴고 먼 곳을 바라보았다. 간판마다 창문마다 하나둘 불을 밝히고 있었다. 고개를 돌리지 않아도 서령이 테이블에 눈길을 고정시키는 모습을 알아챌 수 있었다. 분위기가 어색해졌다.

"할머니에게 팥 이야기를 여쭤볼 시간이 없었어. 별로지?"

마땅히 할 말을 찾는데 서령이 먼저 말을 꺼냈다. 목소리가 어두웠다. 이번에는 서령이 토라진 것이다.

서령이 고개를 수그렸다. 마음이 되게 상한 것 같았다. 어떤 대답을 해야 할까 적절한 말을 찾지 못하고 있을 때, 집에서 할머니들이 나왔다. 우리는 자리에서 벌떡 일어났다. 할머니들이 모퉁이를 돌아오지 않는 한 우리를 발견할 수는 없을 것이다. 할머니들은 집이 좋다고들 말했다. 어디 가서 차나 한잔씩 마시자면서 계단을 내려갔다.

우리는 여전히 어색한 상태로 현관문 쪽으로 갔다. 서령이 문을 잡아당겼다. 문은 잠겨 있지 않았다. 현관 안으로 들어서자 으스스한 기분이 들어서 그만 나가자고 말하고 싶었지만 서령이 토라져 있었기 때문에 입이 쉽게 떨어지지 않았다. 서령이 실내로 들어서는 미닫이를 옆으로 밀었다.

집 안은 어슴푸레했다. 어디선가 들어온 불빛이 바닥에 닿아 희게 빛났다. 바닥에는 팥이 흩어져 있었다. 희미한 향냄새도 났다. 어쩐지 열지 말아야 할 문을 연 것 같은 기분이 들었다. 팥을 가지고 놀다던 귀신들이 떠올랐기 때문이었다. 우리의 등장이 이미 걔네들에게 방해가 되었을 테니까.

서령의 이야기는 어느새 내 속에 들어와 있는 것이었다.

"그만, 돌아가자."

슬그머니 서령의 손을 잡으며 말했다. 다른 손으로는 조심스럽게 미닫이 손잡이를 잡았다.

"그러자."

서령이 맞잡은 손에 힘을 주며 속삭였다. 나는 소리 나지 않도록 조심조심 문을 닫았다. 우리는 숨을 죽이고 살금살금 현관을 빠져나왔다. 계단에 닿아서야 마음이 놓였다.

"걔네들은 무지 귀엽겠네?"

계단을 내려오며 내가 말했다.

"그럼, 되게 귀엽지. 벌써부터 사그락사그락 팥을 가지고 놀고 있을걸."

서령의 목소리가 밝아졌다. 나는 안심이 되었다.

우리는 손을 잡은 채 소망빌라로 향했다.

101호 베란다 창문에 못 보던 게 붙어 있었다. 우리는 자세히 살펴보기 위해 화단으로 들어갔다. 화단은 맨땅을 드러내고 있었다. 방울토마토가 베란다 난간까지 덩굴을 휘감고 빨간 토마토를 주렁주렁 달고 있던 곳이었다.

베란다는 텅 비어 있었다. 101호는 캄캄했다.

나는 베란다 유리문에 핸드폰 플래시를 비추었다.

서령이 소리 내어 읽었다.

〈철거 예정 건물〉

철거될 때까지 무단출입 및 쓰레기 투기를 삼가 주시기 바랍니다.

"들어가 보자."

서령의 손을 끌었다.

"괜찮을까?"

서령이 끌려오지 않고 버티면서 되물었다.

"가 보자."

괜찮을 거라고 말할 수는 없었다. 그러나 들어가 보고 싶은 마음을 억누르기가 힘들었다. 나는 서령의 손을 다시 끌었다. 1층에 있는 집이라서 화단에서 베란다로 곧장 올라가는 철제 계단이 있었다. 계단 끝에는 무릎 높이의 철문이 있었다.

나는 계단을 올라가 문 안쪽으로 손을 넣어 빗장을 풀었다. 철문을 열고 베란다로 올라섰다. 누가 먼저랄 것 없이 우리는 몸을 한껏 수그리고 살금살금 움직였다.

집 안으로 들어가는 문은 닫혀 있었지만 잠겨 있지는 않았다. 나는 문을 조금만 열고 몸을 옆으로 해서 들어갔다. 서령도 몸을 옆으로 틀어서 들어왔다. 우리는 여전히 손을 붙잡고 있었다.

집은 텅 비었다. 살던 사람들이 이사 가면서 집 안에 남겨 둔 것은 아무것도 없었다. 문은 모두 열려 있었다. 우리 집과 똑같은 구조였다. 어디선가 들어온 빛이 거실 바닥에 반사되어 희게 빛났다.

나는 거실 불을 켜 보았다. 불은 들어오지 않았다.

"나가자."

서령이 내 손을 잡아당겼다.

"그래, 나가자."

그렇게 말하면서도 나는 서령을 이끌고 내 방과 같은 위치에 있는 방으로 갔다.

바닥과 천장, 벽 네 개와 창문 하나, 창문 가까운 천장에는 야광 달과 별들이 붙어 있었다. 그 부분만 짙은 색 벽지를 발랐고, 나머지 벽지는 분홍색을 띠었다.

공터에서 보았던 아기 침대와 유아용 변기가 떠올랐다. 그러나 이 방이 어떤 모습이었을지는 전혀 알 수 없었다. 방은 순해진 것 같았다.

"누군가 이 방에서 잠을 자고 꿈을 꾸었겠지?"

내가 말했다.

서령은 말이 없었다.

"내가 이사 간 뒤에 내 방도 이렇게 남아 있겠지?"

내가 다시 물었다.

"내 방도."

서령이 대답했다.

101호를 나왔다. 공터는 비어 있었다. 거기 있던 살림들은 그

새 모두 어디론가 실려 갔다. 벤치도 사라졌다. 벤치가 있던 자리
에는 벤치를 뽑아 낸 흔적만 남아 있었다.

"세상에, 벤치도 가져갔어."

내가 말했다.

"어차피 다 철거되니까."

서령이 내게 속삭였다.

칼로 손가락을 베었을 때처럼, 마음이 베인 것같이 아팠다.

학교 끝나고 학원에 가지 않았다. 내일 서령이네가 이사를 가
기 때문에 우리는 학원을 빠지고 둘이서 조금 더 같이 있기로
했다. 우리 집에 들러서 식탁 의자 두 개를 들고 나왔다. 엄마는
선선히 허락해 주었다. 어차피 이사 갈 때 공터에 내놓게 될 의
자였다.

벤치가 있던 곳에 의자 두 개를 붙여 놓았다. 우리는 의자에
나란히 앉았다. 햇볕이 환했다.

"아, 참!"

서령이 가방에서 비닐봉지를 꺼냈다.

"할머니한테 허락받고 가져왔어."

비닐봉지에는 성냥과 양초와 향이 들어 있었다. 서령은 성냥만
꺼내고 봉지는 다시 가방에 넣었다.

"너 성냥팔이 소녀 놀이 기억나?"

성냥팔이 소녀 놀이는 기억났다. 성냥을 긋고 불꽃을 바라보며 소원을 비는 놀이였다.

"응, 기억나."

내가 말했다.

서령이 성냥을 긋자 차르르 소리를 내며 불꽃이 피어올랐다. 희고 가는 연기가 구불거리며 솟아오르다가 사라졌다. 불꽃은 거의 보이지 않았다. 주황이 풍부한 햇빛이 서령을 감쌌기 때문이다. 햇빛이 훨씬 더 많아진 것 같았다.

"너, 그거 알아?"

서령이 내게 속삭였다. 첫 번째 성냥불이 꺼졌다. 서령은 불탄 성냥개비를 그대로 들고 있었다. 내가 따라갈 수 없는 자신만의 이야기를 헤아리느라 홀로 있는 사람의 눈빛을 하고서.

"몰라."

나는 고개를 살래살래 흔들며 대답했다.

"초등학교 다닐 때는 네가 언제나 내 방 창문 아래로 와서 학교 가자고 나를 불렀잖아. 나를 부르는 네 목소리는 내 마음 깊이 새겨져 있어. 아주 깊이, 깊이. 호정이 너 말고 다른 사람의 목소리는 그곳으로 들어오지 못해. 너무 깊은 곳이어서."

서령이 말했다.

나는 빙그레 웃었다. 마음이 환해졌다. 이상하게 슬프기도 했
다.

닳아지리는 존재

"제우야!"

쉬는 시간이 시작되자 누군가 내 이름을 불렀다. 나는 그쪽을 보았다. 장은하였다. 장은하는 내 쪽으로 수학 문제집을 들어 올리며 손에 쥔 샤프펜슬로 어떤 문제를 가리켰다.

교실은 소란스러웠다. 장은하는 샤프펜슬로 자신을 가리키고 나서 나를 가리키더니 고개를 한번 끄덕였다. 자기가 내게 가도 좋으냐고 묻는 것이었다. 나는 오른손 엄지손가락과 집게손가락 끝을 둥글게 맞붙여서 오케이 사인을 보냈다.

장은하는 복도 쪽 앞에서 두 번째 자리에 앉아 있었다. 내 자리는 운동장 쪽 맨 뒷자리였다. 장은하는 교실을 가로지르며 내 쪽으로 다가왔다. 그 모습을 보면서 나는 기분이 좋아졌다.

장은하가 가까이 왔을 때, 길고 날카로운 휘파람 소리가 났다. 보지 않아도 j라는 것을 알았다. 나는 j가 있는 쪽을 보았다. j와 눈이 마주쳤다. j의 눈빛이 날카롭게 빛났다. 그 눈빛에 조금 위축되었다. 동시에 내게 그런 눈빛을 보내는 것에 반발심도 일었다. j는 이미 장은하에게 관심이 있다는 사실을 털어놓았었다. 그 자리에는 나뿐만 아니라 승준과 태희도 있었다.

j는 별것 아니라는 시늉으로 내게 손을 들어 올리며 손바닥을 내보였다. 나도 j를 향해 손을 들어 보였다.

장은하는 앞자리 의자를 끌어다가 가까이 앉으며 내 책상에 문제집을 내려놓았다.

"고마워."

장은하가 수학 문제를 집게손가락으로 가리키며 말했다.

"응."

나는 건성으로 대꾸하며 문제를 보았다. j가 앉아 있는 쪽으로 끊임없이 신경이 쓰였다. 기분 좋게 부풀어 올랐던 마음은 그사이에 가라앉았다.

장은하가 가져온 문제는 어려운 게 아니었다.

어떤 빵가게 직원의 시급이 10000원인데, 이 직원이 x시간 동안 일하고 받은 임금을 y원이라고 할 때, x값에 따른 y값을 표로 나타내고, 그 둘 사이를 관계식으로도 나타내라는 문제였다.

덧붙여, y는 x의 함수인가를 묻고, 함수라면 왜 그러한가 그 까닭을 말해 보라고도 하였다.

나는 장은하에게서 샤프펜슬을 받아 문제집의 여백에 표를 그려 주고 관계식을 적어 주며 풀이를 설명해 주었다. 그래프도 그려 주면서, x의 값이 정해지면 그에 따라 y의 값이 오직 하나씩 정해지는 것이 함수 개념이라고 이야기해 주었다. 나도 모르게 오직이라는 말에 힘이 들어갔다. 그러면서도 나는 j에게로 향하는 신경을 거둘 수가 없었다. 장은하가 가져온 문제가 어려웠다면 오히려 집중할 수 있었을 텐데.

j가 했던 말도 덩달아서 떠올랐다. 장은하가 겉으로는 튕기면서도, 은근히 j의 관심을 끌기 위해 자꾸만 다른 남자애들에게 말을 붙인다는 얘기였다.

j의 말이 옳다면 장은하의 행동은 무척 복잡하고 머리를 많이 써야 하는 일이다. 그렇게 어려운 행동을 하면서도 그보다 훨씬 쉬운 함수 문제를 풀지 못한다는 사실이 쉽게 납득되지 않았다. 그러나 내 머릿속에는 이미 의심이 생겼다. 장은하가 혹시 j의 관심을 끌기 위해서 내게 수학 문제를 물어보는 게 아닐까 하는 의심 말이다.

장은하는 고개를 끄덕이면서 열심히 들었다.

"고마워. 설명 들을 때는 쉬운데 말이야. x와 y의 관계를 묻는 문제는 너무 어려워."

장은하가 말했다. 말하는 얼굴에는 웃음이 어렸다. 갑자기 장은하를 의심한 것이 미안했다. 그래서 마주 보며 환하게 웃을 수가 없었다.

장은하는 제자리로 돌아갔다.

열린 창문으로 바람이 불어왔다. 가까이 있는 커튼이 날아올랐다. 교실 뒤편 사물함에서 무엇인가 덜컹거리는 소리가 났다. 무의식중에 내 사물함을 돌아보았다. 내 사물함은 잘 닫혀 있었다.

학교 끝나고 우리는 공원에 모였다. 나와 승준, 태희, j였다. 우리는 초등학교 때부터 같이 다녔다. 모두 같은 아파트 단지에 살았다. 중학교 올라와서 1학년 때는 서로 다른 반이었다. 2학년 되면서 우연히 다 같은 반이 되어 다시 뭉칠 수 있었다. 우리는 학원을 빼먹고 새로 생긴 코인 노래방에 가기로 했다.

j가 여자애들도 불러서 같이 가자고 했다. j는 여자아이 셋의 이름을 댔다. 그중에 장은하도 있었다. 승준과 태희는 대꾸가 없었다. 쉬는 시간에 장은하와 있었던 일이 떠올랐다. 장은하가 온다면 또 신경 쓰이는 일이 생길 게 뻔했다. 게다가 우리는 넷인데 j가 여자아이 이름 셋만 대는 것도 마음에 들지 않았다. 모든 게

계획적이라는 생각이 들었다.

"그냥 우리끼리 가자. 여자애들 끼면 불편하잖아."

내가 지나가듯 말했다.

"뭐가 불편하다는 거지?"

j가 따졌다.

"어쨌든 난 싫어."

나는 강경했다.

"제우 넌 빠져. 너 빠지면 남자 셋 여자 셋 딱 맞으니까."

내 짐작이 맞았다. j는 처음부터 나를 끼워 주고 싶지 않았던 거다.

"너나 빠져."

나도 질세라 j에게 바짝 맞섰다. 한편으로 이런 일 때문에 티격태격하는 꼴이 우스웠다. 승준과 태희가 나와 j 사이로 끼어들었다. j와 나를 멀리 떼어 놓으며 다툼이 싸움으로 번지는 것을 막았다.

그때 이상한 일이 일어났다.

승준과 태희에게 가려 보이지 않던 j가 고개만 옆으로 기울여서 얼굴을 드러냈다. j는 나를 바라보며 웃었다. 그 웃음이 표창처럼 내게 날아와 꽂혔다. 나는 순식간에 얼어붙었다. 처음 겪어 보는 일이었다.

j는 누가 뭐라 해도 내 친구였다. 우리는 자주 다투기도 했지만 금방 아무렇지도 않게 어울렸다. 나는 j를 나쁘게 말하고 싶지 않다. 그래서 이름 부르기를 피하고 j라고 부르고 있다.

나는 j가 내게 날린 웃음에 걸맞는 표현을 떠올려 보려고 했다. 비웃음은 아니었다. 조롱도 아니었다. 이기죽거리는 웃음도 아니었다. 사나운 웃음도 아니었다. 천진하거나 친근한 웃음은 더더욱 아니었다. 뭐지?

"야, 너 뭐 해."

태희가 나를 돌아보며 말했다. 나는 여전히 정신을 못 차리고 서 있었다. 태희가 다가와 내 팔을 잡고 흔들었다.

"꿈쩍 안 하지? 제우는 좀 멍청한 거인 같지 않냐?"

j가 나와 태희를 돌아보며 말했다. 이번에는 분명하게 놀리는 말이었다. 그리고 나의 콤플렉스를 정통으로 찌르는 말이었다. 못되게 구는 것이다. 의견이 확실해지자 얼었던 몸이 풀렸다.

나는 내 팔을 잡은 태희의 손을 뿌리쳤다.

"너희끼리 가라. 난 안 간다."

그리고 휙 돌아섰다. 뒤도 돌아보지 않고 자전거 쪽으로 갔다. 태희와 승준이 나를 불렀다. 잡으러 오지는 않았다.

나는 혼자였다. 당장 갈 곳이 없었다. 학원에서 전화가 왔는데 받지 않았다.

집으로 가다가 아파트 단지를 그냥 통과해서 이어지는 산책로에 접어들었다. 흙길에 야자 매트가 깔려 있었다. 사람이 없어서 나는 야자 매트 길을 자전거로 달렸다. 경사가 급하지 않은 오르막이었다. 페달 밟을 때 다리에 힘을 주어야 했다. 산이라기보다는 둔덕이라고 해야 적당했다. 원래는 제법 높은 산이었는데 아파트 단지가 들어서면서 둔덕으로 변했다고 한다. 그래도 사람들은 이곳을 산이라고 불렀다. 이름은 황룡산이다.

산을 넘어가면 오래된 도서관이 있다. 황룡도서관이다. 지난해 학교 가까운 곳에 어린이청소년도서관이 새로 생겨 도서관에 갈 일이 있으면 이제 그곳으로 간다. 그러나 어렸을 때는 이 산을 자주 넘어 황룡도서관에 다녔다. j와 승준, 태희, 나. 우리는 우리를 사총사라 불렀다. 이 산을 넘으며 우리는 스스로 정의의 사도들이라고 외치기도 했다. 그때는 승준의 키가 가장 컸다.

이해할 수 없었던 j의 웃음이 떠올랐다.

우리 중 누군가가 못된 짓을 골라 하면서 점점 나쁜 사람이 될 수 있을까?

발가락 끝이 신발 안쪽에 닿았다. 엄마가 새 신발을 사 준 지 얼마 되지 않았는데 발이 또 커진 모양이었다.

나는 키가 너무 크다. 승준이나 태희, j와 가까이 있으면 그 아이들의 머리꼭지가 내려다보였다. 그럴 때마다 나는 못 볼 것을 본 것처럼 눈길을 돌렸다.

j는 내가 멍청한 거인 같다고 놀렸다. 동화에 나오는 거인은 대개 두 부류다. 마음이 착한 거인은 둔하고 멍청했다. 나쁜 거인은 용감한 주인공과 싸우고 반드시 패배하여 뒤로 너부러졌다.

길이 뚝 끊겼다. 나는 환한 공터로 나왔다. 눈앞에 도서관이 있었다. 기억에 남은 모습보다 더 퇴색되어 있었지만 여전히 깨끗했다.

연못의 분수도 그대로였다. 한 줄기 물이 끊임없이 솟아 올라와 두 갈래로 갈라지며 떨어졌다. 사방이 조용해서 물 떨어지는 소리가 또렷하게 들렸다.

주차장에는 소형 승용차가 세 대 있었다. 자전거 보관대에는 자전거가 일곱 대 있었다. 나도 그곳에 자전거를 세웠다. 사총사가 다닐 때도 이 도서관에는 사람이 많지 않았다. 우리는 산에서 놀다가 갈증이 나거나 화장실을 가야 할 때면 여기로 왔다. 쉬고 싶거나 졸릴 때도 왔다.

나는 도서관으로 들어갔다. 로비는 깨끗했다. 소파에도 안내데스크에도 사람은 없었다. 로비 중앙에 위층으로 오르는 계단이 보였다. 왼쪽으로 가면 아래로 내려가는 계단이 시작되었다.

왼쪽으로 가서 계단을 내려갔다. 벽에 시가 끼워진 액자 네 개가 아직도 걸려 있었다. 사총사의 시였다. 이 액자들이 여기 걸린 뒤로 우리는 더 자주 이곳에 왔었다. 계단을 내려가면서 우리는 자신의 시가 있는 액자를 안 보는 척하며 늘 확인했다.

이 시들이 여기에 걸린 사연은 이렇다.

어느 날 우리는 산에서 달려 내려와 동시에 연못으로 뛰어들기로 약속했다. 누구도 약속을 어기지 않았다. 우리는 환호성을 질렀다. 어린이실의 김 선생님이 우리를 도서관 사무실로 데려갔다. 누군가 갈아입을 마른 옷을 가져다주었다. 우리는 옷을 갈아입고 심한 장난을 친 벌로 동시 한 편씩을 써서 벽에 걸어 놓아야 했다. 우리는 네임 펜으로 시를 썼다.

나는 액자 앞에 서서 사총사의 시들을 읽었다.

사총사는 영원하다

j가 쓴 시의 마지막 구절이었다.

용 네 마리가 황룡도서관 연못에서 날아올랐다

태희의 시 마지막 행이었다. 나는 씩 웃었다. 연못으로 뛰어들자고 제안한 사람은 태희였다.

사총사는 오늘도 황룡산을 넘는다

승준의 시는 이렇게 끝났다.

그다음이 내 것이었다.

나는 달나라에서도 푸르다

맨 마지막 연이 이랬다. 멋지게 보이려고 꽤나 폼을 잡았다.

계단을 다 내려왔다. 어린이를 위한 도서실이었다.

책들로 가득 찬 책장 사이를 지나갔다. 이곳에서 내가 읽었던 어떤 책에도 친구가 못된 사람으로 변하는 경우는 없었다. 승준과 태희의 몸에 가려졌던 j가 옆으로 얼굴을 내밀던 모습이 떠올랐다. 내가 j를 오해하고 있거나, 아니면 이곳에 있는 책들이 거짓말을 하는 거다.

어린이실 가장 안쪽에 방이 있었다. 사총사가 엎드려서 책을 보거나 김 선생님 몰래 잠을 자던 곳이다.

방에는 아무도 없었다. 나는 운동화를 벗어 신발장에 넣었다. 신발장에는 주인 없는 신발들이 있었다. 슬리퍼 한 켤레와 샌들 하나, 운동화 한 켤레, 그리고 흰색 실내화 한 켤레.

방의 가장 안쪽, 책장과 벽 사이의 틈이 내 자리였다. 나는 거기 끼여 앉아서 책을 읽곤 했다. 그 앞에 섰다. 틈은 비좁아져서 더 이상 들어갈 수 없는 곳이 되어 있었다. 아니, 틈은 그대로인데, 내 몸이 너무 커져서 들어갈 수가 없었다.

가방을 벗어 놓고 드러누웠다. 아이들만 놀 수 있는 방에 거인이 슬그머니 들어와 누운 것 같은 기분이었다. 졸음이 몰려왔다. 정신이 블랙홀로 빠져 들어가는 것 같았다.

문득 잠을 깼다. 등을 대고 누운 바닥이 기차 소리를 내며 들썩거렸다. 무엇인가가 덜컹덜컹 소리를 내며 가까이 다가왔다. 깜짝 놀라 벌떡 일어났다.

"제우, 오랜만이네."

김 선생님이다. 바퀴 달린 이동식 책 수레를 밀며 방으로 들어왔다. 나를 알아보고 내 이름을 기억하는 게 신기했다. 나도 김 선생님이 입은 노란색 반팔 셔츠가 기억났다.

"안녕하세요."

나는 허리를 숙여 인사했다.

"그래. 못 보던 사이에 키가 많이 컸네."

김 선생님이 마주 서서 내 인사를 밝게 받아 주었다.

기분이 좋으면서도 여전히 나는 어찌할 바를 모르고 엉거주춤 서 있었다. 선생님은 책들을 책장에 꽂으며 정리하기 시작했다. 이동식 책 수레에는 책이 많았다. 아이들이 다 읽은 책을 모아 둔 것이다. 아이들은 여전히 이 도서관으로 오고 있었다. 괜히 안심이 되었다.

"친구들은 잘 있니?"

선생님이 물었다.

"다 코인 노래방에 갔어요."

말을 하고 보니, 꼭 나를 빼고 저희끼리만 노래방에 갔다고 일러바친 것 같았다. 쑥스러운 동시에 정말 나 빼고 자기들끼리만 노래방에 갔을까 하는 의문이 생겼다. 그럴 리 없을 거라는 믿음도 아직 남아 있었다.

계속 서 있기에는 너무 어색했다.

"안녕히 계세요."

나는 인사를 하고 신발장으로 갔다.

"제우야."

신발을 신는데 선생님이 불렀다.

"네."

"다음부터는 여기로 오면 안 돼. 너는 이제 2층으로 가야 해. 알겠지?"

나는 잠시 머뭇거리다가 대답을 했다.

"네, 알겠어요."

신발을 신었다. 발가락 끝이 아팠다.

"제우야!"

장은하였다. 고개를 들어 소리 나는 쪽을 바라보았다. 교실 앞에서 장은하가 나를 향해 손을 흔들었다. 나도 장은하에게 손을 들어 보였다. 장은하는 한 손에 핸드폰을 들고 있었다.

장은하는 내 자리로 오고 싶어 하는 것 같았지만 바로 오지를 못했다. 여자아이들이 장은하가 든 핸드폰을 거의 빼앗다시피 했기 때문이다. 아이들은 머리를 맞대고 장은하 핸드폰을 들여다보았다. 그러다가 동시에 소리를 질렀다. 어제 노래방에서 찍은 동영상을 보는 듯했다.

승준과 태희와 j는 여자아이 셋과 새로 생긴 코인 노래방에 갔던 것으로 밝혀졌다. 세 여자애들 중에 장은하도 있었다. 그 일은 쉬는 시간마다 아이들 사이에서 이야깃거리가 되었다. 노래방에서 찍은 사진과 동영상도 돌아다니는 것 같았다.

교실 한쪽이 소란스러워졌다. j가 책상을 한쪽으로 밀어 놓고 춤을 추기 시작한 것이다. 아이들이 j를 빙 둘러서서 환호했다. 태희와 승준도 그곳에 있었다. 나는 눈길을 돌려 창밖 운동장을 내다보았다. 체육복을 입은 아이들이 스탠드 한곳으로 모이고 있었다.

"제우야!"

장은하가 다시 내 이름을 불렀다. 고개를 돌려 장은하를 보았다. 장은하는 손가락으로 자기를 가리키더니 나를 가리키며 고개를 끄덕였다. 내 쪽으로 가도 되느냐고 묻는 거였다. 오른손으로 오케이 사인을 보냈다. 장은하가 아이들을 이리저리 피하면서 내게로 다가왔다.

나는 기분이 좋아졌다. j를 신경 쓰지 않으려고 노력했다. 이번에는 최선을 다해 내 기분을 지켰다. j의 말만 듣고 장은하를 의심하는 짓을 두 번 다시 하고 싶지 않았다.

장은하는 내 앞자리에 앉아서 나를 돌아보았다.

"어제 왜 안 왔어? 너도 오는 줄 알았는데."

"노래방 관심 없어. 도서관에 갔었어."

준비하지도 않았던 말이 술술 나왔다. 나를 바라보는 장은하의 눈동자가 반짝반짝 빛났다. 입술은 붉었다. 갑자기 긴장이 되었다. 입안이 말랐다.

"도서관? 새롬어린이청소년도서관?"

장은하가 물었다.

"아니, 황룡도서관."

장은하와 나는 도서관에 대해서 이야기를 더 나누었다. 나는 황룡도서관에 대해서, 장은하는 새롬어린이청소년도서관에 대해서 이야기를 했다.

어느새 태희와 승준도 이쪽으로 다가와 이야기에 끼어들었다. 나는 우리가 어렸을 때 쓴 시를 읽었다고 말했다.

"그 시들이 아직도 벽에 걸려 있었어."

내가 말했다.

그때였다.

휘파람 소리가 가늘고 길게 교실 안을 휘감았다. 나는 피하지 못하고 휘파람 소리에 사로잡혔다. j가 있는 쪽을 쳐다보지 않으려고 애썼다. 그러나 마음이 심하게 동요하고 있었다. 황룡도서관 어린이실에 있는 나의 작은 틈바구니로 다시 들어가고 싶었다. 그 틈에 끼어 앉아서 책을 읽을 때 나는 편안했고 세상은 아득했었다.

다 거짓말이야. 그래서 편안하고 아득했던 거야.

마음이 작게 오그라들었다. 돌아보지 않아도 j가 나를 향해 웃고 있는 게 느껴졌다. 비웃음이었다. 나는 괴로웠다. 몸은 거인같이 큰데 마음은 콩알만 하게 졸아들어 갔다.

장은하와 승준과 태희의 말소리가 점점 멀어졌다. 교실의 모든 소음이 멀어지고 작아졌다.

황룡도서관에는 청소년실이 따로 없었다. 김 선생님은 나보고 2층으로 가야 한다고 말해 주었다. 2층은 성인들의 공간이었다. 새로 생긴 새롬어린이청소년도서관은 달랐다. 청소년을 어린이와 붙여 놓았다.

우린 아직 어린아이들이라는 생각이 들었다.

바람이 불어왔다. 커튼이 날렸고 사물함이 있는 뒤편에서 덜커덩거리는 소리가 났다.

학교가 끝났다. 나는 다른 일이 좀 있다면서 아이들에게 서둘러 인사를 하고 교실을 빠져나왔다. 허둥대는 꼴을 보이지 않으려고 이를 악물었다. 사냥꾼에게 몰리는 짐승처럼. 이런 말이 떠올랐다.

자전거 보관대로 가는데 발가락 끝이 아팠다. 엄마에게 카톡을 보냈다.

— 신발이 또 작아졌어

엄마는 주말에 새 신발을 사러 나가자고 답을 보내왔다. 퇴근이 늦으니 저녁은 혼자 해결하라고 덧붙였다.

꼿꼿했던 마음이 조금 누그러졌다. 자전거를 꺼내는데 엄마에게서 전화가 왔다.

"발 많이 아프니?"

"아니, 조금."

"친구들하고는 잘 지내지?"

"응, 그럭저럭."

"제우야!"

엄마가 나를 불렀다. 짧은 순간 침묵이 흘렀다.

"만약 친구 사이에 어떤 오해나 문제가 생기면, 꼭 그 친구에게 다가가서 말을 걸어야 돼. 그냥 놔두지 말고. 알겠니?"

"네."

나는 반사적으로 대답했다. 속으로는 엄마도 모르는 게 많다고 생각했다.

학원으로는 가기 싫었다. 나도 모르게 황룡도서관 쪽으로 향했다.

공원을 통과할 때였다. 저만치 나무 뒤편에 j가 있었다. j와 j의 자전거는 나무에 다 가려지지 않았다. j는 고개를 옆으로 꺾어 나를 쳐다보았다. 그리고 웃었다. 그 웃음이 얼음으로 만든 창처럼 내게 와 꽂혔다. j는 내가 황룡도서관 말고는 혼자 갈 곳이 없다는 사실을 아는 게 분명했다.

나는 j를 돌아보지 않고, 앞만 바라보며 자전거 페달을 밟았다.

나와 화해를 하고 싶어서 기다리고 있었는지도 모르잖아.

이런 생각이 떠올랐다.

거짓말이야. 어린이실에 있는 동화에나 나오는 이야기야. 현실이 아니야.

내가 겁먹은 나에게 대답해 주었다.

발에 무게를 실었다. 페달을 힘껏 구르며 속도를 냈다. j를 지나칠 때, 길게 이어지는 휘파람 소리를 들었다. 돌아보지 않고도 j가 일정한 거리를 유지하며 나를 따라온다는 사실을 알았다. 땀이 비 오듯 쏟아졌다.

나는 도망치는가?

나는 도망치는 게 맞다.

나는 왜 도망치는가?

나는 j가 무섭다.

나는 왜 j가 무서운가?

나는 그 이유를 모르겠다.

나는 스스로와 솔직하게 이야기를 나눴다. 다른 누구와도 나눌 수 없는 이야기였다.

손등과 팔뚝에 물방울이 떨어지는데 땀방울인지 눈물방울인지 알 수 없었다. 간간이 j의 긴 휘파람 소리가 내 뒤통수를 휘감았다.

황룡산을 넘었다. 도서관이 있는 공터에 들어섰는데도 속도를 늦추지 않았다. 어떤 남자가 도서관 건물이 드리운 그늘 아래에 의자를 놓고 앉아서 책을 읽고 있었다. j와 나 말고 다른 사람이 있으니 안심이 되었다. 무슨 일이 생기면 도움을 주거나, 최소한 목격자가 되어 줄 수는 있을 것이었다.

나는 속도를 서서히 늦추면서 연못을 한 바퀴 돌았다. 조용했다. 분수의 물이 떨어지는 소리와 내 숨소리만 크게 들렸다. 나무 사이로 j가 내려오는 게 보였다. 나는 자전거를 세우고 도서관으로 들어갔다. 교복은 이미 땀으로 축축했다. 가방을 짊어진 등은 끈적끈적했다.

2층으로 올라갔다. 성인실은 처음이었다. 어린이실보다 더 조용했다. 연못이 내려다보이는 창가로 갔다.

j는 바지 주머니에 두 손을 찔러 넣은 채 연못 주위를 돌고 있었다. 핸들을 잡지 않고도 몸을 유연하게 기울이며 자전거의 방향을 잡아 나갔다. 용기를 내어 j를 똑바로 지켜보았다. j가 고개를 들어 내가 있는 쪽을 올려다보았다. 나는 움찔하며 뒷걸음질을 치려 했다. 그러나 무엇인가 물러서려는 내 등을 막는 바람에 뒷걸음질을 치지 못하고 선 채로 비틀거렸다.

어쩌면 j가 누구보다도 나와 더 친하게 지내고 싶어서 저러는 게 아닐까.

이런 생각이 들었다.

겁쟁이의 비겁한 거짓말이야.

내가 내 생각을 향해 단호하게 대답해 주었다.

갑자기 그늘에서 책을 읽던 남자가 j를 향해 무슨 말인가를 하더니 손으로 정문 쪽을 가리켰다. j는 고개를 하늘로 쳐들었다가 다시 수그리며 땅을 보았다. 두 손은 여전히 바지 주머니에 있었다. 남자의 말을 무시하는 태도였다. 자전거는 일정한 속도를 유지했다. 그러나 끝까지 무시하지는 못했다. j는 주머니에서 손을 꺼내 핸들을 잡았다. 정문 쪽으로 핸들을 돌리더니 내 시야에서 사라졌다.

가까이 있는 의자에 주저앉았다. 눈물 두세 방울이 허벅지에 떨어졌다. 눈가에서 눈물이 마를 때까지 고개를 들지 않았다.

책장 넘기는 소리가 들렸다. 나는 고개를 들었다. 한 할아버지가 돋보기를 들고 두툼한 옥편을 넘겨 보고 있었다. 한문으로 된 책과 함께 공책도 펼쳐져 있었는데, 공책에는 한자와 한글이 뒤섞여 적혀 있었다. 책도 두꺼웠고 공책도 두꺼웠다.

할아버지는 나한테 관심이 없었다. 그래서 마음이 놓였다. 쫓기는 자의 마음이 차츰 사라져 갔다. 땀 냄새가 날까 걱정이 되기는 했지만 나는 조금 더 가만히 앉아 있었다.

자리에서 일어났다. 책장들 사이를 걸었다. 미로를 걷는 기분이었다. 2층은 아주 넓었다. 시작도 끝도 사라진 것 같았다. 나는 한쪽 방향으로만 걸어 나갔다. 언젠가 벽이 나타날 거라 여기며, 그렇게 걸으면서 젖은 교복도 말리려 했다.

마침내 벽 앞에 도착했다. 책으로 꽉 찬 벽이었다. 다 다른 제목을 단 책들이 벽을 이루고 있었다. 나는 눈길이 닿는 대로 책 제목을 하나씩 읽어 나갔다.

'2천억 개의 은하'

이 제목에 잠시 눈길이 머물렀다. 장은하가 떠올랐다. 장은하는 사소한 일로 남자아이들과 자주 다투는데, 그럴 때마다 장은하의 눈은 별처럼 반짝반짝 빛났다. j도 장은하한테는 꼼짝 못했다.

'침팬지의 서열'에도 눈길이 멎었다. 나는 책을 뽑았다. 침팬지 집단에서 수컷들이 서열을 정하는 방법과 그것을 유지하고 뒤바꾸는 생태에 관한 보고였다. 인간의 정치와도 비교하고 있었다. 후루룩 책을 넘겨 보다가 한곳에서 멈췄다.

힘 있는 수컷은 저보다 약한 수컷의 등에 매달린다. 교미를 하는 것처럼 올라타고서 자신이 위에 있다는 사실을 인정받으려고 한다. 수컷의 이런 행동을 마운팅(mounting)이라고 한다.

"이 자식이!"
나도 모르게 소리를 냈다. 얼굴이 후끈 달아올랐다.
j는 가끔 내 등에 올라탔었다. 점프를 하거나 계단 위에 서 있다가 급습을 하는 식이었다. 그럴 때마다 나는 내 목을 휘감는 j의 팔을 풀면서 몸을 흔들어 j를 털어 냈다. 승준과 태희는 옆에서 웃었다. 나는 빈대처럼 달라붙지 말라고 짜증을 냈었다.
지금 돌이켜 보니 j가 승준이나 태희의 등에 올라타는 모습은 보지 못했다. 내 등에만 올라탔었다.
"사람은 침팬지가 아니잖아. 침팬지와 다르잖아."
나 스스로를 위로하는 말이었다. j의 행동을 수컷 침팬지의 행동과 같은 것이라고 받아들이자니 내가 너무 비참했다.

나는 책을 다시 제자리에 꽂았다.

고개를 들었다. 더 위에 꽂힌 책의 제목들을 읽어 나갔다. 다다른 이름표를 달고서 정해진 자리에 앉아 있는 반 아이들이 떠올랐다. 제목이 다른 책들이 각기 다른 내용을 담은 것처럼, 같은 교복을 입고 있지만 아이들도 다 다를 것이다.

j는 어떤 아이일까?

처음으로 j의 내면이 궁금했다.

'최초의 불은 상상이다'

흥미를 끄는 제목이었다. 책은 손이 닿지 않는 높이에 있었다. 주위를 둘러보았다. 한쪽에 철제 사다리가 있었다. 나는 가방을 벗어 가까운 의자에 내려놓고 사다리 있는 곳으로 갔다. 천장에 고정된 사다리는 옆으로 밀어 이동시킬 수 있었다.

사다리를 옆으로 밀었다. 천장에서 쇠바퀴 구르는 소리가 났다. 고개를 들어 보니 사다리 끝에 바퀴 두 개가 달려 있었다. 바퀴들이 지나는 길도 천장에 나 있었다. 사다리가 이동할 때 바퀴들은 덜컹덜컹 소리를 냈다.

사다리에 올라갔다. 사다리는 예상보다 튼튼했다. 나는 사다리를 딛고 서서 책을 뽑았다. 불에 관한 책이었다. 책장을 넘기면서 큰 제목과 작은 제목을 읽고 사진과 그림을 구경했다. 여러 민족의 불에 대한 신화와 종교를 사진과 함께 소개하고 있었다. 큰 불이 났던 역사적 사실들과 불이란 무엇인가에 대한 자연과학적 사실들도 모아 놓았다.

최초의 불에 대한 첫 장이 흥미로웠다.

지구에 산소가 생기고 불에 탈 수 있는 마른 식물이 생긴 다음에 최초의 불이 탄생했다. 번갯불이 떨어뜨린 불씨를 받을 수 있는 조건을 마침내 지구가 갖춘 것이다. 그러나 최초의 불을 본 사람은 없었다. 그때 지구에는 아직 사람이 없었다. 사람이 생기기 훨씬 전의 일이었다. 동물도 없었다. 그래서 최초의 불은 분명하게 있었을 것이나, 우리는 그것을 상상할 수밖에 없다.

나는 책을 손에 든 채 눈을 감았다. 사람이 아직 없던 지구를 상상했다. 아무도 없었다. 어느 날, 어느 순간 번개가 쳤다. 최초의 불이 확 하고 일어났다. 내 마음에도 확 하고 불이 일어났다. 상상일 뿐인데도 뜨거웠다.

눈을 떴다. 마음이 조그맣게 위축되고 꽁꽁 얼어붙을 때마다 최초의 불을 상상하기로 했다. 지구 상에 사람이 아직 없던 시간으로 이동하는 것이다. 도망치는 거라고 해도 좋다.

책을 제자리에 꽂았다. 사다리에서 내려왔다.

사다리를 옆으로 옮긴 후 다시 올라갔다. 사다리에 올라서서 책을 읽는 일은 색달랐다. '시간과 모순' '특수상대성이론' '빛과 닫힌 우주' '인간 정신의 진화'. 모든 책들이 나를 위해 있는 것 같았다.

'덜컹거리는 존재'

나는 책 제목을 한동안 마주 보았다. 꼭 내 이름표 같았다.

내 이름은 한제우, 덜컹거리는 존재.

책을 뽑았다. 아무 데나 펼쳐 보았다.

존재는 거짓에 닿게 되면 덜컹거린다.

무슨 의미인지 정확하게 알 수 없는 문장이었다. 수수께끼 같았다. 마음에 들었다. 나는 책을 빌리기로 마음먹었다. 책을 들고 사다리에서 내려왔다. 원래 있던 자리로 사다리를 밀었다. 소리가 나지 않도록 조심했다.

저녁 어스름이 내리고 있었다. 달리는 차들은 전조등을 켰다. 가로등도 불을 밝혔다. 나는 자전거를 끌면서 천천히 걸었다. 배가 고팠다. 김밥나라로 갔다.

"어서 와."

주인아주머니가 나를 반겼다. 다른 손님은 없었다.

"안녕하세요."

"오늘은 혼자네."

아주머니가 수저통에 수저를 넣으며 말했다. 뭐라 대답할 말을 바로 찾지 못했다. 아주머니는 수저가 담긴 소쿠리를 들고 다른 탁자로 옮겨 갔다. 수저들이 은색으로 빛났다. 나는 아주머니가 떠난 테이블에 앉았다.

"라볶이 하나랑 고추김밥 하나요."

매운 것을 주문했다.

"오늘은 라볶이 주문이 많네. 떡이 남아 있던가?"

주인아주머니가 주방을 흘깃 보며 혼잣말하고 김밥 싸는 자리로 갔다.

"이상해. 어떤 날은 비빔밥 손님이 많고 어떤 날은 하루 종일 쫄면만 주문하잖아. 오늘은 모두 짠 것처럼 라볶이네."

주인아주머니가 김밥을 말면서 말했다.

나는 수저통에서 수저를 꺼냈다. 김밥나라에 혼자 온 것은 처음이었다. 대개 j와 승준, 태희와 함께 왔었다. 핸드폰을 보기는 싫었다. 빌린 책을 꺼내 읽자니 왠지 쑥스러웠다.

셀프 코너로 갔다. 국물을 떠서 탁자로 옮겼다. 세 칸으로 나뉜 반찬 그릇에 단무지와 진미채와 김치를 담았다. 다시 자리에 와 앉았다. 수저와 국그릇과 반찬 그릇을 단정하게 배치했다.

오늘 나는 j에 대한 생각뿐이었다. 떠올리거나 떠올리지 않거나, j는 하루 종일 등에 짊어진 가방처럼 내게 달라붙어 있었다. 아니, 나 자체가 대부분 j에 대한 생각으로 이루어진 것 같았다.

"이상해."

나는 주인아주머니가 했던 말을 따라 했다.

라볶이와 김밥을 먹는 사이에 나처럼 혼자 식사하는 손님이 다섯이나 더 들어왔다. 일행이 있는 손님은 없었다. 이상했지만, 그들 사이에서 김밥을 먹으며 나는 처음으로 내가 어른스럽다는 생각이 들었다.

김밥나라에서 나와 곧바로 집으로 향했다.

놀이터에 j가 있었다.

나는 서둘러 자전거에서 뛰어내렸다. 나도 모르게 뒷걸음질을 치며 나무 그늘로 몸을 숨기려 했다. 나는 참았다. 겨우 성공했다. 그늘로 숨지 않고 가로등 불빛 속에 서 있었다.

j는 그네에 앉아 있었다. 거기 앉아서 고개를 들면 6층 우리 집이 바로 보였다. 나는 우리 집을 올려다보았다. 불이 꺼져 있었다. 불 꺼진 내 방 창문을 한참 쳐다보았다.

나는 눈을 꾹 감고 최초의 불을 떠올렸다. 확, 감은 눈앞에서 최초의 불꽃이 피어올랐다. 후들, 몸이 떨렸다. 그때 어떤 힘이 나를 떠밀었다.

가서 말을 걸어.

엄마 말이 떠올랐다.

나는 자전거를 끌며 j를 향해 걸었다.

"야, 너 여긴 어쩐 일이야?"

큰 소리로 말했다.

내게 도착한 메시지는

엄마는 날 보고 멧돼지 같다고 했다.

"뭐가 그렇게 못마땅한지, 혼자 씩씩거리면서 땅만 보고 다녀요. 뒤에서 보면 꼭 멧돼지 같다니까요."

내가 들은 것이 정확하다면 엄마는 이렇게 말했다.

나는 부엌으로 가던 길이었다. 엄마는 방에서 할머니와 통화를 하고 있었다.

누구를 말하는 것인지는 듣지 못했다. 그러나 내 이야기가 분명했다. 사람은 누가 자기 말을 하면 귀신같이 알아차린다.

나는 엄마 말을 듣고 깜짝 놀랐다. 몸을 휙 돌려서 방으로 돌아왔다. 침대에 몸을 던졌다. 너무 놀랐기 때문인지 배고픈 것도 잊었다.

엿들은 것은 아니었다. 우연히 들은 것이니 내가 왜 멧돼지 같으냐며 따져 물을 수는 있었다. 문제는 다른 데 있었다. 내가 멧돼지 같다는 엄마의 말을 거의, 저절로 받아들였다는 것이다. 등에 가방을 짊어지고 씩씩거리며 걷는 내 뒷모습을 상상해 보았다. 멧돼지 한 마리를 같이 걷게 했다. 밤거리여야 어울릴 것 같았다. 불빛은 휘황하지만 아무도 없는 거리 말이다.

"어디로 가야 하지?"

상상 속 내가 말했다.

갈 데가 없었다. 중학생이 밤중에 멧돼지를 데리고 갈 수 있는 곳은 상상 속에서도 찾아내기가 어려웠다.

몸을 돌려 배를 깔고 엎드렸다. 엄마 말을 가만히 따져 보았다. 중요한 대목은 내가 멧돼지 같다는 게 아니었다. 멧돼지 같다는 말보다 나를 더 놀라게 한 것은 혼자 땅만 보고 다닌다는 말이었다. 내가 숨기고 싶은 것을 엄마가 딱 꼬집어 말했다. 요즘 나는 내내 혼자서 걸어 다니고 있었다. 고개를 너무 수그리고 다녀서 어떤 때는 뒷목이 아팠다.

2학년이 되어 봄 지나고 여름이 되었는데도, 나는 아직 친구를 사귀지 못하고 있다.

반 아이들은 이미 둘씩 셋씩 짝을 지어서 한 몸처럼 붙어 다녔다. 그런 아이들 틈을 비집고 혼자 하교할 때마다 나는 땅만 쳐다보아야 했다. 어떤 때는 아무 이유 없이 학교 건물을 세 바퀴나 돌았다. 아이들이 학교를 다 빠져나간 다음에야 교문을 나섰다.

침대에 누운 채로 한 바퀴 뒹굴었다. 다시 배를 깔고 엎드려 팔에 이마를 얹었다. 도서관이나 갈까.

학원을 안 다니기 때문에 요즘은 도서관에 자주 갔다. 책을 읽다 멈추면 그 쪽에 노란색 포스트잇을 붙이고 파란색 네임 펜으로 하트를 그려 놓았다. 하트는 시간이 지나면 초록색으로 변했다. 다음에 도서관에 가서 읽다 만 책을 펼치면 내가 그려 놓은 초록색 하트가 나를 반겨 줄 것이었다.

"그럴 수는 없어."

한숨을 쉬듯 내뱉으며 바로 누웠다.

도서관에 가기 위해서 지금 집을 나선다면 또다시 엄마에게 멧돼지 같은 뒷모습을 내보이게 될 것이었다. 엄마는 베란다에서 아파트 단지를 빠져나가는 나를 내려다보며 근심에 잠길지도 몰랐다. 엄마의 걱정도 걱정이지만 나는 우선 엄마에게 창피했다.

카톡이 왔다.

진명이었다. 핸드폰을 쥔 채 벌떡 일어나 앉았다.

진명은 초등학교 때 가장 친했던 친구였다. 우리 집이 이사를 하는 바람에 서로 중학교가 달라졌다. 나는 그사이에 진명을 거의 잊고 지냈다.

천천히 다섯을 헤아린 다음에 답을 보냈다. 내 처지를 누구에게라도 발각당하기는 싫었다. 누구도 친구가 없는 아이를 사귀고 싶어 하지는 않는다.

진명은 즉시 답을 보내왔다. 나는 무척 반가웠다. 진명과 친했던 시절의 기억들이 우수수 되살아났다. 그것만으로도 숨통이 조금 트이는 것 같았다.

카톡을 주고받으며 부엌으로 갔다. 엄마는 아직 통화 중이었다. 방문은 여전히 조금 열려 있었다. 그러나 나는 아까와는 조금 달라졌다. 엄마의 말소리가 분명하게 들리지도 않았다.

진명은 학원 국어 수업을 같이 듣자고 했다. 자기가 좋아하는 수업인데 학생이 적어서 다음 달에 폐강될 위기라고 했다. 내가 지금도 책 읽는 것을 좋아하는지 묻고, 여전히 그렇다면 나도 좋아할 만한 수업일 거라고 덧붙였다. 나는 엄마하고 상의해 보겠다고 했다.

사실 상의를 해 볼 것도 없었다. 엄마는 성적도 안 좋으면서 학원마저 안 다니면 어쩔 거냐고 내게 야단을 한 적이 있다. 엄마에게 붙어 다닐 친구가 없어서 학원을 안 가는 거라고 말할 수는 없었다.

냉장고를 열었다. 엄마가 스파게티를 만들어 놓았다. 그릇 뚜껑을 열고 전자레인지에 넣어 스파게티를 데웠다. 스파게티와 포크를 쟁반에 담아 들었다. 엄마 방문 앞으로 조심스럽게 다가가며 귀를 기울였다. 엄마는 통화를 마친 모양이었다.

"참, 나 진명이랑 같은 학원에 다니려고."

엄마가 들을 수 있도록 큰 소리로 말했다.

"그 동네까지 가려고?"

엄마가 방 안에서 물었다.

걸음을 우뚝 멈추었다. 엄마가 반대를 하면 어쩌지 하는 걱정이 일었다.

"응, 진명이가 수업이 좋다고 같이 듣자고 해서."

나는 심드렁한 척하며 말했다. 무엇인가 사실대로 다 말하지 않은 것 같았다. 그렇다고 완전히 꾸민 말은 또 아니었다.

"그래, 잘 생각했다."

"등록할게."

무사히 통과했다. 나는 냉큼 방으로 들어왔다.

스파게티를 앞에 두고 책상에 앉아서 차분하게 머리를 굴렸다. 학교는 달랐지만 진명과 다시 만나게 된다면 나는 친구가 없는 상태를 벗어나게 될 것이었다. 진명이 다니는 학원에 우리 학교 애들은 거의 없다. 진명이네 학교 애들이 주로 다니는 학원이다. 초등학교 때 알던 애들을 다시 만나게 되겠지만, 혼자인 내 모습을 아는 사람이 하나도 없는 것이다. 괜찮은 조건이었다.

진명은 국어 수업만 듣는다고 했다. 나도 우선은 국어 수업만 들어 보기로 했다.

— 엄마가 허락했어

진명에게 카톡을 보냈다.

스파게티를 먹기 시작했다. 학원 수업은 월요일과 수요일 그리고 금요일에 있었다.

월요일에 진명을 만났다. 어쩐지 조금 서먹서먹했다. 진명은 길었던 머리카락을 짧게 잘랐다. 우리는 키가 거의 똑같았는데 못 만나는 사이에 내가 진명보다 훨씬 더 자라 있었다. 진명은 거의 그대로인 것 같았다.

진명을 만난 날 저녁부터 비가 내리기 시작했다. 비는 오락가락하면서 끈질기게 내렸다.

수요일에도 우리는 여전히 서먹한 상태를 벗어나지 못했다. 물론 처음보다는 훨씬 덜했다.

금요일이 되었다. 엄마는 하루 휴가를 내고 할머니네 집으로 갔다. 할머니를 모시고 병원에 갈 일이 있다고 했다.

오후가 되면서 다시 비가 내렸다. 나는 학원까지 걷기 시작했다. 걸어가기에는 좀 먼 길이었지만 금요일이라 학교가 일찍 끝나서 시간이 많았다. 느릿느릿 걸어야 너무 이르지 않게 학원에 도착할 것이었다. 우산을 받고 있었지만 발이 다 젖었다.

초등학생 때 늘 다니던 길이었다. 길은 별로 변한 게 없었다. 그런데도 조금 낯설었다. 나는 우뚝 서서 주위를 둘러보았다. 오색문구점도 언니네분식도 태양치킨도 그대로였다. 오색문구점은 진명과 내가 하루도 빠지지 않고 들렀던 곳이다. 신기하고 예쁜 게하도 많아서 구경을 해도 해도 끝이 없었다. 그사이 까맣게 잊고 있었는데, 와 보니 그대로 있었다.

진명과 나는 같은 아파트 단지에 살았다. 우리 집은 302동이었고, 진명이네 집은 303동이었다. 우리는 늘 붙어 다녔다. 나는 진명의 긴 머리카락을 땋아 주곤 했다. 헤어지기 싫으면 서로의 집을 오가며 같이 잤다.

진명이네 집과 우리 집은 내부 구조가 똑같았다. 진명이네 아빠가 서재로 쓰는 방을 우리 집에서는 할머니가 썼다.

중학교에 들어가기 전에 우리 집은 이사를 해야 했다.

"더 늦기 전에 사과나무를 심고 나무에 열린 사과를 따 먹어 보고 싶구나."

어느 저녁 식탁에서 할머니가 이렇게 말했던 것이다. 내가 초등학교를 막 졸업하려고 할 때였다. 할머니는 사과를 무척 좋아해서 우리 집에는 사과가 없는 날이 없었다. 그래서 늘 사과 향기가 떠돌아다녔다. 할머니는 내가 더 이상 할머니의 보살핌이 필요 없는 나이가 되었다고도 덧붙였다.

엄마는 집을 줄였다. 그렇게 해서 생긴 돈으로 할머니에게 따로 집을 마련해 드렸다. 사과나무를 심을 수 있는 집이었다. 할머니는 집 앞 밭에 사과나무 다섯 그루를 심었다.

엄마와 내가 이사한 집은 엄마가 다니는 회사와 가까웠다. 나는 할머니와 진명, 두 사람과 동시에 헤어져야 했기 때문에 무척 슬퍼했다. 며칠 동안 밥도 안 먹었다.

비가 그쳤다. 나는 우산을 접어서 빗물을 턴 다음 등에 짊어진 가방 옆구리 그물망에 넣었다. 다시 걷기 시작했다.

해가 났다. 젖어 있는 가로수와 길가 건물들이 햇살을 반사했다. 눈이 부셨다.

가로수 그늘을 따라 걸었다. 길게 드리운 가로수 그림자 때문에 길이 빛과 그림자로 반반씩 나누어진 것처럼 보였다. 간간이 머리 위로 물방울들이 떨어졌다. 그렇다고 그늘 밖으로 나갈 마음은 생기지 않았다. 고개를 흔들어 물방울을 털어 냈다. 등에서는 땀이 흘렀다.

매미가 울었다. 누군가 "자, 시작!" 이런 신호를 보낸 것처럼 갑자기 소리를 냈다. 고개를 들어 나무를 올려다보았다. 매미는 보이지 않았다.

엄마한테서 전화가 왔다. 눈으로는 매미를 찾으면서 통화를 했다. 엄마는 병원을 다녀온 할머니와 하룻밤을 같이 보내겠다고 말했다. 매미 찾기를 멈추었다. 할머니가 많이 편찮으신가 하는 걱정이 들면서도, 나 혼자 두고 둘이서만 같이 있겠다는 엄마 말이 서운했다.

"나는?"

내가 대뜸 물었다. 또 멧돼지라고 할까 봐서 대놓고 툴툴거리지는 못했다.

"어떻게 할래?"

엄마가 되물었다. 말문이 막혔다. 어떻게 할까 결정할 수 있는 방법과 내용이 떠오르지 않았다.

"할머니네로 올래? 아니면 혼자 집에 있어 볼래?"

막막했던 머릿속을 엄마가 터 주었다. 그렇더라도 결정은 내가 해야 했다. 할머니 집은 시외버스를 타고 가야 했다. 엄마가 시외버스 터미널까지는 마중을 나오겠지만, 그곳까지 가는 시외버스가 일찍 끊겼다. 할머니네 집으로 간다면 지금 출발해야만 했다. 학원을 빠져야 하는 것이다. 그러면 진명을 만날 수 없게 된다.

나는 진명을 만나기로 결정했다. 엄마가 없는 집에서 혼자 밤을 보낼 엄두가 당장은 나지 않았다. 게다가 진명은 나를 기다리고 있을 것이었다.

"혼자 있어 볼게요."

나는 최대한 어른스럽게 말했다.

엄마에게 아이 취급 한다고 따져 물었던 때가 있었다. 이제는 아직 아이인데 어른 취급 한다고 따져 물어야 할 판국이었다. 중학생이라는 존재는 그러했다.

학원에 거의 다다랐을 때였다. 매미 한 마리가 발 앞에 툭 떨어졌다. 나는 걸음을 멈추었다. 매미는 젖은 보도블록에 등을 대고 누워 있었다. 여섯 개의 다리를 가슴과 배 위에 오그리고 있었다. 마치 무엇인가를 움켜쥔 것 같았다.

그대로 두었다가는 누가 밟고 지나가 싶었다. 주위를 둘러보았다. 내게 관심을 두는 사람은 없었다. 나는 재빨리 매미를 집었다. 매미는 껍데기만 남은 것처럼 가벼웠다. 너무 가벼워서 깜짝 놀랐다. 나는 매미를 손안에 숨기고 슬쩍 놓아두거나 묻어 줄 만한 곳을 찾아보았지만 발견하지 못했다.

학원 앞에서 진명이 나를 향해 손을 흔들고 있었다. 나도 진명을 향해 손을 흔들었다. 오른손에 매미를 쥐고 있어서 왼손을 흔드느라 조금 어색했다. 진명이 편의점 쪽을 손가락으로 가리켰다. 그쪽으로 오라는 뜻이었다.

매미를 가방 그물망에 넣었다. 우산이 없는 쪽 그물망이었다.

편의점은 에어컨을 세게 틀어 놓았다. 땀이 빠르게 식었다. 진명은 우리가 먹을 떡볶이와 딸기우유를 계산했다. 우리는 월요일에도 수요일에도 만나자마자 떡볶이와 딸기우유를 먹었다.

"9단지 놀이터 뒤에 산이 있었잖아. 거기에 죽은 사마귀 묻어주었던 것 생각나?"

떡볶이가 매워서 딸기우유를 한 모금 마신 후 내가 물었다. 그곳에 나와 진명이 만들어 놓은 공동묘지가 있었다. 사마귀뿐만 아니라 지렁이, 매미, 무당벌레의 무덤이 있었다. 비둘기의 무덤이 가장 컸다.

"아니."

진명이 대답했다.

진명은 떡볶이를 먹으면서 핸드폰으로 국어 수업을 예습하고 있었다. 월요일에도 수요일에도 진명은 예습을 했다. 오른손으로 핸드폰을 들고 왼손으로 떡볶이를 먹고 우유를 마시면서 말이다.

진명의 속눈썹을 슬쩍 훔쳐보았다. 속눈썹은 여전히 길고 예뻤다. 나는 매미를 묻어 주자고 말하려던 것을 포기했다. 내가 생각해도 너무 어린아이 같은 제안이었다.

"나 오늘 너네 집에 가서 자도 돼?"

생각지도 않은 말이 튀어 나갔다. 말을 해 놓고 보니 너무 들이 대는 거 아닌가 걱정이 되었다.

"좋아."

진명이 망설임 없이 대답했다.

"정말, 괜찮겠어?"

내가 다시 물었다.

"응. 우리 예전에 많이 그랬잖아."

진명이 말했다.

밤늦도록 이야기를 나누면 아직 서로에게 남은 서먹함이 완전히 사라질 것이었다. 진명은 핸드폰만 보고 있었다. 수업 준비가 아직 안 끝난 모양이었다. 진명은 국어 선생님을 좋아하는 것 같았다.

"우리 엄마한테 허락받을게."

내가 말했다.

나는 엄마에게 진명이네 집에서 자기로 했다고 카톡을 보냈다. 엄마는 진명이네 엄마한테 허락을 받은 것이냐고 물었다.

"엄마한테 허락받지 않아도 돼?"

내가 진명에게 물었다.

"괜찮아, 우리 엄마는."

진명이 말했다.

— 진명이가 괜찮대

나는 엄마에게 이렇게 답을 보냈다.

— 진명이 엄마에게 먼저 허락을 꼭 구하도록 해. 무슨 일 생기면 연락하고.

엄마의 말에 나는 곧바로 알았다고, 꼭 그렇게 하겠다고 답을 보냈다.

수업 시간이 가까워졌다.

우리는 편의점에서 학원까지 뛰어갔다. 온몸이 다시 땀으로 젖었다.

학원도 에어컨을 세게 틀어 놓았다. 달아올랐던 몸이 빠르게 식으면서 팔뚝에 소름이 오스스 돋아났다. 우리는 팔뚝의 소름을 서로에게 내보이며 몸을 달달 떨면서 웃었다.

국어 선생님은 독특했다. 수업을 하면서 가끔 오른손으로 왼손 손등을 긁었다. 수업 시간에 아이들이 핸드폰을 보는 것도 그냥 두었다. 자신의 수업이 폐강 위기에 몰렸는데도 별 신경을 쓰는 것 같지 않았다. 수강생은 진명과 나를 포함하여 모두 다섯명이었다. 나와 진명은 교재를 펼쳐 놓았지만 나머지 세 아이들은 핸드폰만 만지작거렸다. 무엇인가 몹시 못마땅한 얼굴들을 하고 말이다. 그 아이들은 모두 진명이네 학교 교복을 입고 있었다.

선생님이 시 「사과」의 첫 번째 연을 소리 내어 읽었다. 진명이 편의점에서 예습했던 시였다.

조용한 아침이다
방문 앞으로
사과 향기가 흘러 다닌다
언니는 간밤에 집을 나갔다
밤에서 아침으로
병사들의 행군이 이어진다
한 입 베어 먹은 사과가
담장을 넘어 날아와
마당에 떨어진다

진명은 맨 앞줄에 앉아 있었다. 선생님과 가장 가까운 자리였다. 나는 진명과의 사이에 빈 책상 세 개를 두고 앉았다. 맨 앞자리이기는 했지만 구석진 곳이었다.

"누가 나머지 두 연을 마저 읽고 이 시에 대해서 말해 볼래? 참고서에 나와 있는 해설은 말고."

선생님이 말했다.

진명이 손을 들었고 시의 나머지 두 연을 소리 내어 읽었다. 사과 향기를 따라 집을 나간 언니를 그리워하는 내용이었다.

"저는 사과 향기를 맡을 때마다 초등학교 때 단짝을 그리워했어요. 그 아이의 할머니가 사과를 좋아해서 그 집에는 늘 사과가 있었어요. 그 아이에게서도 늘 사과 향기가 났어요."

진명이 말했다. 수업과 어울리지 않는 대답이었다. 아이들이 뒷전에서 킥킥킥 웃었다.

누구라고 밝히지는 않았지만, 진명은 나에 대해서 말하고 있었다. 나는 속으로 조금 무안했다. 그런데 그보다 더 이상한 느낌에 젖어 들었다. 진명이 말하는 사람은 분명히 나인데, 그 사람이 나 같지가 않았다. 내게서는 더 이상 사과 향기가 나지도 않을 것이었다.

"진명이에게도 시에서와 마찬가지로, 사과 향기는 그리움을 불러일으키네. 그렇지?"

선생님이 말했다. 진명은 바로 대답하지 않고 수줍게 웃었다.

"안은영."

뜻밖에, 내 이름이 불렸다. 혼자만의 생각에 빠져 있던 나는 깜짝 놀랐다. 구석에 앉아 있으면 없는 사람처럼 여겨질 것이라 예상했었다. 나는 고개를 들었다. 선생님은 내가 말하기를 기다렸다.

심장이 세차게 뛰기 시작했다. 누군가에게 놀림을 받거나 스스로 바보 같은 말을 했다고 자책하게 될지도 몰랐다. 그러나 나는 말하고 싶었다.

"우리 할머니가 그러셨는데요, 기후 변화 보고서에 따르면 다음 세기에는 한반도에서 더 이상 사과나무가 자랄 수 없대요. 22세기에요."

진명과 마찬가지로 수업 내용과 어울리지 않는 대답이었다. 그래도 말을 하고 나니 마음이 평온해졌다. 할머니가 그랬다는 말은 뻘걸 그랬다. 말을 할 때에는 머릿속이 하얗게 돼서 그 생각을 미처 하지 못했다. 그나마 더듬거리지 않아서 다행이었다.

선생님이 웃었다. 좀 전에 진명에게 말할 땐 웃지 않았다. 나는 조심스레 진명을 돌아보았다. 진명의 옆얼굴이 조금 굳어 있었다.

"저는 사과 향기는 알지만 사과나무는 잘 모릅니다. 사과 향기는 나무를 떠나서도 멀리 갈 수 있는 것 같아요."

진명이 다시 말했다. 굳어 있던 진명의 옆얼굴이 말을 하면서 부드럽게 풀어지고 있었다. 선생님은 교재를 넘기면서 잠시 말이 없었다.

"그러네. 사과 향기는 나무를 떠나서 멀리까지 갈 수 있구나, 진명이 말처럼."

선생님이 말했다. 모두에게 하는 말이었지만 이상하게 혼잣말을 하는 것 같았다.

"아, 사과 향기가 맴돌자, 그리움도 따라 일어나 맴도는구나."

선생님이 환하게 웃으며 말했다. 시를 읽는 것처럼 말했다. 진명을 신경 쓰느라 굳어 있던 내 마음이 선생님의 말과 웃음을 따라 부드럽게 풀어졌다.

다시 진명을 돌아보았다. 진명의 옆얼굴도 빛났다. 짧은 순간이었다. 옆얼굴을 밝히는 은은한 빛이 스쳐 지나가는 듯했다. 그 순간 진명이 예쁘다고 생각했다.

선생님은 문제 풀이를 시작했다. 교재의 여백에 수업 내용을 메모했다. 자꾸만 샤프심이 부러졌다. 습한 날씨 때문이었다. 물기는 가느다란 샤프심으로도 스며들어 샤프심을 무르게 만들었다. 당연했지만 신기하게 느껴졌다.

진명으로부터 메시지가 도착했다. 나는 샤프펜슬을 교재 가운데 오목한 곳에 놓았다. 핸드폰을 들었다.

— 지금부터 나를 b라고 불러 줘

— B?

— 아니, b

— 응, b

진명의 메시지는 이어졌다.

나는 b, B가 아니다

나는 b, a가 아니다
나는 b, w가 아니다

진명의 메시지는 시였다.

나는 내게 도착한 메시지를 한동안 내려다보았다. 메시지는 마치 폭이 좁고 길이가 긴 나무판자 세 개를 포개 놓은 것 같았다. 판자 틈으로 아주 작은 소리가 들렸다. 갈 수 없는 먼 곳에서, 우리에 갇힌 짐승이 으르렁거리는 소리였다.

시는 까마득히 먼 곳에서, 우리에 갇힌 짐승이 으르렁거리는 것 같은 소리를 들려주어야 한다고 말한 사람은 러시아의 시인인 민트바초프스카야였다. 도서관에서 읽었는데, 너무 멋진 말이어서 나는 그 말이 있는 쪽에 노란색 포스트잇을 붙여 주고 파란색 하트 다섯 개를 만들어 주었다.

잊고 있던 일이 떠올랐다.

놀이터 시소 앞에서 각자의 집으로 헤어지기 전에 진명과 나는 미리 적어 온 쪽지나 편지를 주고받았었다. 서로를 향해 쭈그리고 앉아서 받은 쪽지와 편지를 가방에 넣었다. 가방을 멘 다음에는 가방 바닥에 묻은 모래 먼지를 서로 털어 주었다. 나는 집으로 가는 길 내내 진명의 편지 내용이 궁금했었다. 궁금하다는 말로는 부족했다. 설렜다. 집에 오자마자 책상에 앉아 진명의 편지를 꺼내 읽었다. 그리고 곧바로 그 자리에서 답장을 썼다.

그때 앉았던 책상을 지금도 나는 사용하고 있다. 그러나 그때 주고받았던 편지들과 짊어지고 다녔던 분홍색 가방은 어디론가 사라졌다. 그리고 지금까지 나는 그 일을 까마득하게 잊고 있었다. 진명은 그 일을 기억하는 것 같았다.

나는 그때처럼 답장을 썼다.

너는 소문자 b, 대문자 B가 아니라

너는 두 번째의 b, 첫 번째 a가 아니라

너는 black의 b, white의 w가 아니라

첫 번째 문장과 두 번째 문장은 말놀이에 가까웠다. 세 번째 문장은 수요일에 진명이 한 말과 연결되어 있었다.

"백인 경찰은 흑인 소년에게 총을 쏠 수 있잖아. 흑인 경찰은 백인 소년에게 총을 쏠 수 있을까?"

인터넷 뉴스를 보면서 한 말이었다. 나는 대답을 하지 않았다. 왜 그런지는 모르겠지만, 흑인 경찰은 백인 소년을 쏘지 못할 거라는 생각이 들긴 했다.

진명이 내가 보낸 글을 읽은 다음 나를 돌아보며 웃었다. 내 메시지가 마음에 든 모양이었다.

"정말 b라고 불러?"

수업이 끝나고 학원을 나서면서 내가 물었다.

"응."

진명이 대답했다. 기억에는 남아 있지 않지만, 우리는 서로를 다른 이름으로 부르는 놀이를 했을지도 몰랐다.

"알았어, b."

b와 나는 함께 웃었다.

b가 집까지 뛰어가자고 제안했다. 우리는 뛰기 시작했다. 가방에서 무엇인가 덜그럭거렸다. 무엇이 그러는지 짐작할 수 없었다. 덜그럭거릴 만한 게 떠오르지 않았다.

습하고 무더운 저녁이었다. 몸에서 땀이 줄줄 흘러내렸다. 가로등 불빛 속에서도 매미 소리가 요란했다.

"어서 와. 오랜만이네."

b의 엄마가 반갑게 나를 맞아 주었다. b의 엄마는 예전에도 친절했다.

"오늘 같이 자기로 했어."

b가 말했다.

"그래?"

b의 엄마가 b와 나를 번갈아 보며 물었다.

b의 엄마에게 미리 허락을 구해야 한다던 엄마 말이 떠올랐다. 이미 너무 늦었다.

"자고 갈 준비는 해 왔니?"

b의 엄마가 물었다. 나는 고개를 저었다. 똑바로 대답하지 못하고 고개를 젓는 것은 어린아이의 행동이라는 생각이 들었다. 땀으로 흠뻑 젖은 내 몰골 또한 남의 집을 방문하기에는 적절하지 않은 모습이었다. 그러나 역시 너무 늦었다.

나는 b가 자기 엄마에게 나를 위해서 무슨 말인가 해 주길 바랐다. 그러나 b는 신발을 벗고 자기 방 쪽으로 앞서갔다.

"우선 들어와라."

b의 엄마가 한쪽으로 비켜서며 말했다.

신발을 벗었다. 나는 여전히 빗물에 젖은 양말을 신고 있었다. 깜박했다. 신발 한짝만 벗고 나머지 신발은 벗지 못했다. 내 사정을 눈치채고 b의 엄마가 슬리퍼를 가져다주었다. 나는 신발을 마저 벗고 슬리퍼를 신었다.

집 안은 선선했다. 미역국 끓이는 냄새가 났다. 내 몸에서는 땀냄새가 났다. b의 엄마는 우리 둘 다 씻기부터 해야 한다고 말했다.

"엄마, 은영이는 안방 욕실을 쓰게 해 주세요."

b가 욕실로 들어가며 말했다.

"은영아, 아저씨가 곧 오실 거야. 지금 안방 욕실을 쓰는 것은 좀 그렇구나."

b의 엄마가 말했다.

"진명이가 다 씻고 나올 때까지 여기서 기다릴게요."

내가 말했다.

"그래, 그러는 게 낫겠다."

나는 어디에 앉을 수도 없었다. 교복 치마도 축축하게 느껴졌다. 소파 앞에 엉거주춤 서 있었다.

"할머니는 잘 지내시니?"

b의 엄마가 물었다.

나는 깜짝 놀랐다.

b의 엄마가 부엌으로 가면서 물은 것이었다. 나를 돌아보지 않았기 때문에 다른 사람에게 하는 말 같았다.

"아, 네? 네, 잘 계세요."

b의 엄마는 내 말에 별 대답이 없었다.

미역국 냄새는 점점 더 짙어졌다. 나는 가방을 내려놓을 수도 없었다. 무엇인가 크게 잘못을 저지른 기분이 들었다. 추운 것도 아니었는데 팔뚝에 소름이 돋았다.

욕실에서 b가 나왔다. b와 눈길을 주고받았다.

"들어가서 씻어. 내가 갈아입을 옷 가져다가 욕실 문 앞에 놓을게."

b는 마른 옷을 입고 있었다. 처음 보는 옷이었다. 그래서인지 b도 낯설어 보였다. b는 젖은 교복을 공처럼 말아서 옆구리에 끼고 있었다.

"교복은 세탁기에 같이 돌릴게."

나는 마지못해 고개를 끄덕였다.

욕실로 들어갔다. 욕실에 계속 있을 수는 없겠지만 잘못을 저지른 것처럼 졸아들었던 마음이 조금 편해졌다. 나는 변기 뚜껑을 내려 그 위에 앉았다. 가방을 벗어 꽉 끌어안았다가 깜짝 놀라며 팔을 풀었다. 그물망에 넣어 둔 죽은 매미를 까맣게 잊고 있었다.

지금부터는 잊지 말아야지.

나는 속으로 다짐했다.

길게 숨을 내쉬었다. 어떻게 할지 스스로 결정해야만 했다. 젖은 양말 속에서 발가락을 꼬무락거려 보았다. 두 발에 새 힘이 실리는 것 같았다. 욕실을 둘러보았다. 낯설고 강렬한 비누 냄새가 났다.

밖에서 남자 말소리가 들렸다. b의 아빠가 퇴근을 한 것 같았다. 나는 일어나 가방을 다시 멨다.

욕실을 나섰다. 문 앞에는 진명의 마른 옷가지가 놓여 있었다.

나는 그것을 넘어갔다.

b와 b의 아빠가 거실 소파에 앉아 있다가 나를 돌아보았다.

"집에 가 봐야겠어. 할 일이 생각났거든."

b에게 말했다. b의 엄마가 한 손에 국자를 들고 부엌에서 나왔다. 커다란 해바라기가 그려진 앞치마를 입고 있었다.

나는 서둘러 인사를 했다. 다시 슬리퍼 신는 것을 깜박했다. 축축한 양말을 신은 발로 발자국을 찍으며, 욕실 문 앞에서부터 거실까지 더럽혀 놨을 것이었다.

무더운 밤이었다. 나는 달렸다. 그물망에 있는 죽은 매미가 떠올랐다. 이유 없는 슬픔이 배꼽 안쪽에 뭉쳐 있다가 온몸으로 번져 나갔다. 가방 안에서 무엇인가가 달그락거렸다. 나는 그 소리에 발을 맞추면서 즉석에서 노래를 지어 불렀다.

나는 b, a 아니고

나는 b, w도 아니고

나는 b, 눈은 아니므로

나는 b, 소나기인가?

나는 b, 가랑비인가?

나는 계속 달렸다. 노래를 불렀다. b의 메시지로부터 시작된 노래였다.

나는 b, 네가 뭐라고?
나는 b, 누구신가요?
나는 b, 외톨이라고?

내 목소리는 점점 커졌다. 자기네 집 소파에 앉아서 나를 돌아보던 b의 모습이 떠올랐다. 소파가 커서인지 b는 어린아이 같았다.
b가 그리웠다.

나는 b. 안, 은, 영. 밖, 은영, 아, 니, 고
나는 b. b의 친구, 나는 b. b는 오, 진명

나는 되는대로 가사를 붙여 가며 노래를 불렀다. 새로운 말이 생각나지 않으면 이미 부른 가사를 또 붙였다. 그사이 슬픔은 희미해지다가 사라졌다.
아무도 없는 집은 어둑했고 고요했다. 나는 집의 불을 모두 밝혔다. 가방 그물망에서 매미를 꺼냈다. 책상 위에 놓았다.
b에게서 카톡이 와 있었다.

은영아,

나 진명이야

너는 나를 잘 이해해 주는 유일한 어른 같아

우리가 초등학교 때도 너는 그랬어

그렇지만 우리의 어린 시절은 다 지나가 버린 것 같아

월요일에 만나

곁에 있어 줄 거지?

안녕

나는 b의 문자를 세 번 읽었다.

첫 번째로 읽었을 때는, b의 뜻밖의 속마음을 알고 놀랐다. 두 번째 읽었을 때는, b가 알고 있는 나와 내가 생각하는 내가 전혀 다르다는 사실을 알게 되었다. 내가 어른스럽다니, 당황스럽고 낯설었다. 세 번째 읽었을 때 나는, b도 나처럼 친구가 없을지도 모른다고 생각했다.

집에서 혼자 밤을 맞이하는 일은 처음이었다. 조금 무서웠고 조금 긴장되었다.

몸을 씻고 머리를 감았다. 교복과 속옷과 양말을 빨아 널었다. 운동화도 빨았다. 밥을 혼자 먹었다. 시간이 느리고 깊게 흘러갔다. 태어나서 처음으로 진짜 혼자를 경험하는 것 같았다.

"괜찮군, 괜찮아."

나는 설거지를 하면서 혼잣말을 했다.

문단속을 했다. 잠옷으로 갈아입었다. 책상 위에 매미가 있었다. 내일 날이 밝으면 적당한 데를 찾아서 묻어 주기로 결정했다.

더워서 잠을 깼다. 비몽사몽 상태로 커튼을 젖히고 창문을 열었다. 우리 집은 13층에 있었다. 창문을 다 열어 놔도 위험할 일은 없었다. 나는 다시 잠들었다.

사과 향기가 났다. 어렸을 때 살던 집 뒤 베란다였다. 할머니는 그곳에 늘 사과 상자를 쌓아 두었다. 나는 그곳으로 자주 숨어들어 갔다. 베란다는 환했다. 이것은 지나간 일에서 피어오르는 사과 향기야. 꿈속에서 내가 중얼거렸다. 사과 향기는 멀리멀리 간다고 했어.

"은영아, 구석이 편하다고 해도 거기 너무 오래 있으면 못쓴다."

사과 상자 사이에 숨어 있는 나를 할머니가 안아 올리며 말했다. 꿈속에서 나는 아주 어린 여자아이였다.

물기 많고 서늘한 바람 한 줄기가 잠든 나를 스쳐 지나갔다. 나는 잠결에 바람의 감촉을 선명하게 느꼈다. 바람은 너울대며 창문을 넘어 길게 들어오고 있었다. 커튼이 가만히 부풀었다가 다시 가라앉는 기척을 느꼈다.

나는 그 바람결에 실려 온 어떤 말을 들었다. 세 마디의 말이었다. 깊었던 숨을 길게 내쉬면서, 누군가 세 마디의 말을 했다. 바람이 잠든 나를 감쌀 때 나는 그 말을 들었다. 처음엔 할머니가 한 말이라고 생각했다. 그러나 할머니 목소리는 아니었다.

나는 잠에서 깨어났다. 눈을 뜨지 않고, 나를 스쳐 지나간 말이 무슨 말이었는지 기억해 내려 했다. 무슨 말인지 분명하게 알 수 없었다.

안타까웠다. 말소리는 있었지만 그 안에 담겨야 할 말의 의미는 아직 만들어지는 중이었다. 의미는 아직 다 오지 않았다.

바람이 스치고 지나간 느낌은 여전히 몸에 남아 있었다. 그러나 말소리는 서서히 풀어지는 것처럼 사라지면서 점점 잊혀져 갔다.

빗방울이 벽이나 유리창에 부딪치는 소리가 났다. 다시 비가 내리기 시작한 모양이었다.

누굴까. 누가 무슨 말을 했을까.

나는 내게 다 오지 못한 그 말이 그리웠다.

그 말은 아직 내게 오지 않은 시간으로부터 먼저 출발한 메시지일 거라고 생각했다. 먼 미래에서 출발하여 이제 막 내게 도착하려는 메시지 말이다. 거기는 지금 내가 가지 못하는 곳이다.

새벽녘

코끼리

야유회를 나오기에는 날씨가 좋지 않았다. 거칠고 메마른 바람이 불었다. 차에서 내리는 사람들은 어깨를 잔뜩 움츠린 채 주위를 둘러보며 투덜거렸다. 그들이 투덜대는 소리가 바람에 실려 펜션 안으로 들어왔다.

상희는 쟁반을 든 채 테라스로 난 유리문 너머를 내다보았다. 차에서 내리는 사람들 사이로 한림을 찾았다. 한림은 보이지 않았다.

쟁반에는 깻잎과 상추가 담긴 바구니들이 놓여 있었다. 상희는 바구니들을 음식이 차려진 테이블에 골고루 나눠 놓았다.

안으로 들어온 직원들은 모두 다섯이었다. 고기를 구워 먹을 수 있도록 세팅된 테이블은 두 개였다. 가스버너에 불을 켜고 고기를 굽는 사람은 아무도 없었다. 직원들은 침울한 얼굴로 테이블 하나에 모여 앉았다. 약속된 시간이 지났는데도 사장은 나타나지 않았다.

상희는 가방을 챙겨 들고 밖으로 나갔다. 자신이 맡은 일을 다 해 놓았기 때문에 굳이 더 머물 이유가 없었다.

한림은 강가에 앉아 있었다.

황사가 심했다. 황사는 산과 강을 지우고, 강가에 앉은 한림의 모습까지도 지워 가는 듯했다. 이상했다. 상희는 한림을 찾아 밖으로 나온 것이었다. 그런데 막상 한림이 있으니, 그 모습을 가만히 바라보기가 어려웠다. 상희는 허공으로 손을 뻗어 손바닥으로 한림의 모습을 가렸다.

상희는 열아홉이었다. 고등학교를 졸업하자마자 지금 다니는 회사에 취직을 했다. 상희가 오고 일주일 있다가 한림이 왔다. 한림은 스물이었다.

완구를 수입해서 대형 마트에 납품하는 회사였다. 상희는 경리부에 배치되었다. 일은 어렵지 않았다. 아침에 학교 가는 것보다 출근하는 생활이 상희에게 훨씬 나았다.

상희는 한림을 가리고 있던 손을 내렸다. 한림이 있는 곳까지는 온통 돌투성이었다. 돌은 큼직큼직했다. 돌밭을 둘러 가는 길은 보이지 않았다.

상희는 한림 쪽으로 걸음을 떼었다. 발을 잘못 디뎌 발목이 접질리지 않도록 조심해야 했다. 상희는 황사 바람을 피해 고개를 수그리고 더듬더듬 발을 내딛으며 앞으로 나아갔다.

한림이 상희를 돌아보며 일어났다.

"막 가려고 했습니다."

한림이 말했다.

상희는 걸음을 멈추었다.

상희는 한림이 자기에게 존댓말을 쓸 때 기분이 좋았다. 좋은 대접을 받는 것 같았다.

졸업하기 전 편의점에서 아르바이트를 했을 때, 상희는 사람들이 툭툭 던지는 반말에 시달렸다. 모르는 사람들의 말인데도 매번 그들의 반말에 기분이 상했다. 그런 사람들은 일주일에 한 명 꼴로 꼭 있었다. 그들은 말을 던지는 것처럼 돈이나 카드도 상희 앞으로 툭툭 내던졌다.

한림이 앞서 걸었다. 상희는 한림을 뒤따랐다.

"사장님은 안 올지도 몰라요."

상희가 말했다. 어제 경리과장이 사장과 통화하는 것을 들어서 짐작할 수 있었다.

사장은 이미 두 주 전에 상희에게 다른 곳을 소개해 주겠다고 제안했었다. 회사가 점점 어려워지고 있다고 했다. 상희는 사양했다. 한림과 같은 곳에서 일하고 싶었다. 회사 직원들도 점잖은 편이었다. 상희를 잘 대해 주었고 일도 잘 가르쳐 주었다. 상희는 사장에게 있을 수 있을 때까지 근무하겠다고 말했다.

"다들, 알고 있어요."

한림이 말했다.

이번 야유회에서 사장은 회사 사정을 설명할 예정이었다. 아직 결정되거나 발표된 것은 없었지만, 회사 분위기는 얼마 전부터 조금씩 변하고 있었다. 직원들은 말수가 줄었고 예민해졌다.

누군가 한림의 이름을 소리쳐 부르고 있었다. 한림과 상희는 걸음을 멈추었다. 회사 잠바를 입은 남자가 펜션 테라스에 나와 이쪽을 향해 손짓했다. 황사가 심해서 누구인지는 분명하게 보이지 않았다.

그 사람이 다시 큰 소리로 한림의 이름을 불렀다. 그 순간, 바람이 불어 남자의 외침에서 무엇인가를 앗아 갔다. 상희는 이쪽을 향해 오는 한림의 이름이, 황사 바람을 맞고서 차츰 허물어지는 것처럼 느껴졌다.

'저 부름은 한림에게 닿지 못할 거야.'

상희는 이렇게 생각했다.

테라스로 통하는 문은 모두 열려 있었다. 노래방 기계에서 최신곡 반주가 흘러나오기 시작했다. 노랫소리도 이어졌다. 한림이 테라스의 남자를 향해 손을 흔들었다. 남자는 돌아서서 안으로 들어갔다.

안에서 움직이는 사람들이 언뜻언뜻 보였다. 그들은 춤을 추는 것처럼 보이다가도 서로 뒤엉켜 싸움을 하는 것 같기도 하였다. 그 모습은 이상하게도 아주 오래된 일이거나 까마득히 먼 곳에서 일어나는 일처럼 보였다.

한림이 상희를 향해 몸을 돌렸다. 손에 들고 있던 돌을 상희 쪽으로 내밀었다.

"코끼리 같지 않아요?"

한림이 물었다.

상희는 돌을 바라보았다. 돌은 코끼리 같지 않았다. 상희는 진짜 코끼리를 본 적이 없었다. 그러나 코끼리의 모습은 가까이에서 늘 보고 있었다. 상희네 집 현관에 깔아 놓은 발 매트에 코끼리 두 마리가 그려져 있었다. 사무실 책상에는 동남아시아로 신혼여행을 다녀온 직원이 기념 선물로 나눠 준 작은 코끼리 인형이 있었다. 상희가 여름방학 때 쓰던 챙이 넓은 모자에도 코끼리가 그려져 있었다.

상희는 한림이 들고 있는 돌을 코끼리로 보려고 노력했다. 그러자 얼마 안 있어 정말로 그 돌이 코끼리로 보이기 시작했다. 웅크리고 앉은 코끼리 같았다.

"아! 정말로, 코끼리 같아요."

상희가 감탄하며 말했다. 말끝에 자신이 너무 호들갑스러웠다고 생각했다. 그나마 거짓말을 하지 않을 수 있어서 다행이었다. 그 돌이 코끼리로 보인 것만은 사실이었다.

"그냥 돌아가요. 사람들이 술을 마신 것 같아요. 좀 있으면 자리가 험악해질지도 몰라요."

한림이 앞장섰다. 상희도 한림을 따라 걸었다. 가방을 미리 챙겨 들고 나와 다행이었다. 상희는 경리과장에게 일이 있어 먼저 집으로 돌아가겠다고 문자를 보냈다.

황사 바람이 두 사람을 휘감았다. 한림이 입은 얇은 봄 잠바가 몸에 달라붙었다. 곧은 등골이 드러났다. 그 모습을 보며 상희의 마음이 부풀었다. 숨이 막히면서 오래 바라보기가 힘들었다. 상희는 고개를 수그렸다.

바람이 지나갔다. 상희는 소리 나지 않게 조심하며 숨을 길게 토해 냈다.

돌밭에서 벗어났을 때, 상희는 두 사람이 떠나온 곳을 돌아보았다. 상희의 얼굴에 웃음이 번졌다. 강가의 돌들이 모두 코끼리로 보이는 것이었다. 수백 마리의 코끼리들이 서로가 서로에게 몸을 부비며 모여 있었다.

버스 정류장

한림은 강가에 앉아 있었다. 평평한 돌을 깔고 앉아서 손에 닿
는 돌들을 하나씩 들어 올리거나 만져 보고 있었다. 등 뒤에서
사람의 기척을 느꼈을 때, 한림은 누구에게도 방해받고 싶지 않
은 마음이 솟구쳤다.
　뒤를 돌아보았다. 상희가 서 있었다. 상희는 왠지 불안해 보였
다. 위험한 곳에 나와 있는 어린아이 같았다. 황사 바람 속에 서
있었기 때문에 더 그렇게 보였는지도 몰랐다. 그런 상희를 보호
해 주고 싶은 마음과, 그 마음을 일으키게 하는 상희로부터 멀어
지고 싶은 마음이 동시에 일어나 뒤섞였다.
　한림은 손에 잡히는 아무 돌이나 집어 들고 자리에서 벌떡 일
어났다. 한림은 상희가 자기를 좋아한다는 것을 알고 있었다.
　"코끼리 같지 않아요?"
　한림이 상희에게 돌을 내밀며 물었다.
　딱히 할 말이 없었다. 상희 탓은 아니었다. 한림은 미안했다. 그
리고 상희를 볼 때마다 생기는 미안한 마음이 점점 버거워졌다.
　두 사람은 한림의 트럭이 있는 곳에 도착했다.

"버스 정류장까지 태워 줄게요."

한림은 상희에게 트럭 문을 열어 주었다. 상희는 사양하지 않았다. 상희가 트럭에 오르자 한림은 문을 닫고 트럭 앞을 돌아 운전석에 올랐다.

한림과 상희 사이에 신발 상자가 있었다. 상자 안에는 돌 두 개가 들어 있었다. 어제 다른 지방으로 납품하러 가던 도중에 잠시 낮잠을 잤던 강가와 국도 변에서 한림이 주운 것이었다. 한림은 들고 있던 돌도 신발 상자에 넣었다. 돌은 세 개가 되었다.

한림은 버스 정류장에 트럭을 세웠다. 상희는 잠깐 머뭇거리다가 내일 보자는 인사말을 건넸다. 한림은 내일부터 출근하지 않게 되었다고 말했다.

"잘 지내요."

한림은 상희에게 작별 인사를 하였다.

상희는 어떤 말도 내뱉지 못했다. 그대로 트럭에서 내렸다.

네거리에서 좌회전을 하기 전에 한림은 사이드미러를 보았다. 멀어지는 버스 정류장에 상희 혼자 서 있었다. 상희는 이쪽을 보고 있었다. 사이드미러에는 황사 먼지가 뿌옇게 내려앉아 있었다. 한림은 면장갑을 집어 사이드미러의 먼지를 닦았다.

한림은 얼마 전에 여자친구 도연과 헤어졌다. 아직도 헤어질 때 남은 상처가 아물지 않았다. 도연을 생각하면 여전히 가슴 한

복판이 쓰라렸다.

한림이 보기에 도연은 작고 여렸다. 도연이 눈앞에 나타나면 한림에게 도연을 걱정하는 마음이 생겼다. 그러나 한림이 걱정하는 말을 할 때마다 도연은 날카롭게 화를 냈다. 한림의 걱정을 간섭으로 여겼다. 답답해서 숨이 막힌다고도 했다. 도연이 날카로워질 때마다 한림은 상처를 입었다.

좌회전을 했다. 버스 정류장과 상희의 모습은 더 이상 보이지 않았다.

한림은 풀썩 웃었다. 도연에게 향했던 마음이 상희에게도 똑같이 생겨났다. 위태로운 곳에 있는 어린아이를 보았을 때처럼, 다가가서 보호해 주고 싶은 것이다. 한림은 오로지 도연 한 사람을 향해서만 그런 마음이 생길 것이라고 생각했었다. 그러나 아니었다.

한림은 모순을 만났다. 어떤 경우라도 도연을 아끼고 보호하겠다는 자신의 다짐이 도연 때문에 무너진 것이다. 도연의 날카로운 말에 상처를 받는 순간 한림은 자신도 모르게 도연을 원망했다. 도연은 보호해 주고 싶은 사람이 아니라 자신에게 상처를 입히는 사람으로 돌변해 있었다. 그런 일이 되풀이되면서 한림은 부끄러웠다. 한림이 먼저 도연에게 헤어지자고 했다.

집에 들어가기에는 이른 시간이었다. 한림은 공원 담장 옆에 차를 세웠다. 의자 등받이에 몸을 기대고 잠이 들었다.

돌

현관문은 반쯤 열려 있었다. 고기 굽는 냄새가 났다. 한림은 문
밖에 섰다. 돌이 든 신발 상자를 품에 안은 채였다. 어머니가 가
스레인지 앞에 서서 고기를 구워 먹고 있었다.

한림은 망설였다. 밖에 좀 더 있다가 오려고 했지만 이미 늦었
다. 몸을 막 돌리려고 할 때 어머니가 문밖의 한림을 돌아보았다.

"저 왔어요."

한림이 말했다.

별수 없이 집 안으로 들어갔다.

"어서 와라. 일찍 왔네? 저녁은?"

어머니는 숨기고 싶은 모습을 들킨 사람처럼 당황했다. 가스레
인지 불을 끄며 다른 손으로 입술을 훔쳤다.

"회식이 있어서 저녁은 먹었어요."

한림이 말했다. 국수를 한 그릇 사 먹고 들어오는 길이었다.

한림은 옆걸음으로 어머니 등 뒤를 지났다. 현관문 너머 좁고
기다란 통로 한쪽에 싱크대가 설치된 부엌이었다. 그 맞은편에
욕실과 어머니 방이 연달아 있었다. 통로가 끝나는 곳에 한림의

방이 있었다.

어머니는 환기를 시키려는 듯 한림의 방문도 열어 놓았다. 한림은 방으로 들어갔다. 방문 맞은편 베란다 문도 다 열려 있었다.

한림은 베란다로 나갔다. 밖으로 난 문을 닫았다. 베란다 한쪽에 자그마한 돌무더기가 있었다. 한림은 품고 있던 돌들을 그 위에 하나씩 올려놓았다. 빈 신발 상자를 내려놓을 때, 버스 정류장에 혼자 서 있던 상희의 모습이 떠올랐다.

한림은 다시 방으로 들어왔다. 잠바를 벗어 옷걸이에 걸었다. 미닫이를 조심스럽게 잡아당겨 열려 있던 방문을 닫았다.

방의 불을 켰다. 스위치에 손가락을 댄 채 가만히 서 있었다. 설거지를 하는 소리가 나기 시작했다. 그 소리가 다른 때보다 컸다. 어머니는 설거지를 하면서도 거의 소리를 내지 않는 사람이었다. 한림은 집에 너무 일찍 들어왔다고 후회했다. 아까 현관문 밖에 서서 망설였을 때 주저하지 말고 자리를 떴어야 했다. 집은 너무 좁고 두 사람은 서로가 내는 소리를 피할 수 없이 들어야만 했다.

'다시 나갈까?'

한림은 망설였다. 스위치에서 손을 떼지 못한 채 어머니의 소리가 잠잠해질 때까지 기다렸다.

부엌이 조용해졌다. 한림은 밖으로 나가는 대신 베란다로 나갔다. 방과 베란다 사이의 이중 유리문을 다 닫았다.

돌무더기 앞에 앉았다. 돌을 하나씩 들어 보거나 만져 보았다. 상희에게 보여 줬던 돌을 집었다. 그 돌은 다른 돌보다 컸다. 한림은 그 돌을 들고 방으로 들어와 구석진 곳에 놓았다. 침대에 걸터앉아 돌을 바라보았다. 돌은 마치 구석에 웅크리고 앉은 코끼리 같았다. 마음이 아팠다. 도연 때문인지 아니면 상희 때문인지 알 수 없었다.

"한림아."

문밖에서 어머니가 한림을 불렀다.

"네, 어머니."

한림이 대답했다.

방문이 열렸다. 어머니가 서 있었다. 한림은 자리에서 일어났다.

"한림아, 우리 하루 날 잡아서 꽃구경 갈래?"

어머니가 말했다. 말을 해 놓고 쑥스러운 듯 빙그레 웃었다. 한림도 따라 웃었다. 한림은 어머니에게 늘 무엇인가 해 주고 싶었다. 도연에게도 그랬고 상희에게도 그런 마음이 솟았다.

지금 어머니가 원하는 것은 한림이 충분히 해 줄 수 있는 일이었다. 어머니의 부탁이 반가웠다.

"네, 그래요. 어머니."

한림이 말했다.

"날을 잡아 볼게요."

힘을 주어 말을 더했다.

어머니는 웃으며 고개를 끄덕였다.

새

현관문은 잠겨 있지 않았다. 문은 소리 없이 열렸다. 진희가 집
에 있는 모양이었다. 진희는 상희의 동생이다. 진희는 언제부터인
가 현관문을 잘 잠그지 않았다. 상희는 소리가 요란한 풍경을 문
에 매달아 놓아야겠다고 생각했다.

진희가 자기 방에서 튀어나왔다. 진희는 분홍색 셔츠를 입고
있었다. 처음 보는 셔츠였는데 진희에게 잘 어울렸다. 상희가 보
기에도 진희는 무척 예뻤다.

상희는 눈길을 돌렸다. 현관에 낯선 운동화가 놓여 있었다.

"일찍 왔네."

진희가 말했다.

진희의 남자친구가 방에서 나왔다. 그는 상희를 향해 허리를
숙였다. 상희는 고개만 까딱했다. 인사를 받는 둥 마는 둥 했다.

"같이 중간고사 준비하는 거야."

진희가 묻지도 않은 말을 했다.

"응."

상희는 짧게 응대했다. 신발도 벗지 못했다. 그대로 몸을 돌려 다시 나갈까 하는 생각을 했다. 진희의 남자친구는 엄마가 퇴근하기 전에 자기 집으로 돌아갈 것이었다.

'그때까지 다른 데 있다가 올까.'

상희는 속으로 생각했다. 진희와 진희의 남자친구를 위해서 그러는 게 낫겠다는 생각이 들었다. 그러나 컨디션이 좋지 않았다. 황사 바람이 부는 밖에서 너무 오래 있었다.

발 매트에 그려진 코끼리들이 눈에 들어왔다. 코끼리 한 쌍이 오아시스 쪽으로 가고 있었다. 저무는 해가 오아시스를 감싸는 야자나무 사이에 걸려 있었다.

돌을 보여 주던 한림의 모습이 떠올랐다. 내일부터는 한림을 볼 수 없을 것이었다. 기운이 빠졌다. 집을 나가는 대신에, 양치질을 하고 따뜻한 물로 샤워를 한 후 푹 자기로 했다. 신발을 벗었다. 입안에서 모래가 씹혔다.

진희의 남자친구는 다시 있던 방으로 들어갔다.

"언니, 우리 배고파. 피자 사 주면 안 돼?"

진희가 상희를 뒤따라오며 말했다. 상희가 진희를 돌아보았다. 진희가 웃고 있었다.

진희는 공부를 잘했다. 성격도 구김 없이 밝고 활달했다. 상희는 가방에서 지갑을 꺼내 진희에게 돈을 주었다.

상희는 자기가 번 돈을 동생에게 줄 때마다 기분이 좋았었다.

"우리 언니야."

누굴 만나더라도 진희는 당당하게 그 사람에게 상희를 소개했다. 그럴 때마다 상희는 동생이 고마웠다. 동생이 자랑스럽기까지 했다.

그런데 이번에는 아니었다. 무슨 까닭인지 분명하게 알 수 없었다.

진희는 돈을 받더니 환하게 웃으며 돌아섰다.

"고맙다고 안 하니?"

진희의 등에 대고 상희가 말했다.

"고마워, 언니."

진희가 상희를 돌아보며 말했다. 진희는 여전히 웃고 있었다.

다른 때와 달랐다. 진희가 웃는 만큼 자신에게서 웃음이 사라지고 있다는 생각이 드는 것이었다.

상희는 욕실로 들어가 손을 씻었다. 세면대에 짧은 머리카락한 올이 묻어 있었다. 진희의 남자친구 머리카락일 터였다. 상희네는 엄마와 상희 그리고 진희가 전부였다. 셋 다 머리가 길었다. 상희는 세면대에 낯선 머리카락이 있는 게 싫었다.

진희의 남자친구가 싫은 것인지 아니면 그가 집에 오는 것이 싫은 것인지 확실하지 않았다. 그토록 자랑스러웠던 동생이 갑자기 못마땅하게 여겨지는 것도 그 까닭을 몰랐다. 돈을 받을 때마다 고맙다는 말을 안 해서인지, 제멋대로 남자친구를 집에 데려오는 것 때문인지도 분명하지 않았다. 환하게 알 수 있는 게 없었다.

상희는 화장지 두 칸을 뜯어서 머리카락을 집었다. 쓰레기통에 버렸다.

상희는 잠들었다.

누군가 유리창 두드리는 소리가 났다.

상희는 눈을 뜨며 소리가 나는 쪽으로 고개를 돌렸다. 커튼은 어딘가로 사라졌고 창밖이 환했다. 눈이 부셨다. 거기에 무엇인가 있었다. 상희는 그게 무엇인지 알아내려고 애썼다.

새였다. 새의 머리와 긴 목이 창문 위로 올라와 있었다.

'타조인가?'

상희는 꿈속에서 이렇게 생각했다.

새가 눈을 깜박이며 상희를 바라보았다. 새는 머리를 옆으로 돌려야만 상희를 바라볼 수 있었다. 한쪽 눈으로만 상희를 바라보았다.

'다른 쪽 눈은 어디를 보고 있을까?'

상희는 새의 다른 쪽 눈을 볼 수 없었다.

새가 방으로 들어왔다. 새가 아니었다. 새의 머리를 한 남자였다. 남자는 가면을 쓴 게 아니었다. 넓은 어깨 한가운데에 가늘고 긴 새의 목이 솟아 있었다. 목은 길어서 부드럽게 휘어졌다. 뒷머리에는 파란 깃털이 나 있었다. 굵고 긴 부리가 이상했다.

새의 머리를 한 남자는 여전히 눈을 깜박거리며 상희를 바라보았다. 잊은 것을 기억해 내려고 애쓰는 것 같았다. 그러다가 깜짝 놀라며 상희에게 무슨 말인가를 하려고 했다. 팔을 내두르며 입을 움직였다. 그러나 새의 부리로는 사람의 말을 할 수 없었다.

남자의 양손에 펜과 종이가 들려 있었다. 새의 머리를 한 남자가 이번에는 펜으로 종이에 글씨를 썼다. 펜에서 검고 굵은 잉크가 구불구불 흘러나왔다. 잉크는 흘러가면서 자동으로 글자가 되었다.

상희는 답답했다.

'읽을 수 없는 글자들이네.'

'저 남자는 사람의 말을 할 수 없어.'

'새의 귀로 내 말을 들을 수 있을까?'

점점 답답해졌다. 답답한 곳을 헤쳐 나오려고 상희는 두 팔을 휘둘렀다.

잠에서 깨어났다. 방은 어둑했다. 방 밖은 조용했다.

상희는 새의 머리를 한 남자처럼 눈을 깜박이며 누워 있었다.

"삶은, 내 삶은……"

남자가 종이에 쓴 글자의 뜻이 저절로 알아졌다.

"이런 말이었구나."

상희가 중얼거렸다.

"삶은, 내 삶은?"

상희가 다시 한번 말하며 옆으로 돌아누웠다. 창에는 커튼이 드리워져 있었다. 그 너머 어딘가에서 삶이 자신을 기다리고 있을 것이었다.

"나를 기다리고 있어."

상희가 말했다.

작은 배

저녁 여덟 시 반에 상희는 백화점 후문을 빠져나왔다. 일요일 저녁이었다. 거리는 사람들로 붐볐다. 무르익은 봄날이었다. 상희는 발이 부어서 구두 뒤축을 구겨 신고 있었다. 한림이 그만둔 뒤에 상희도 일자리를 옮겼다. 백화점 안내 부서였다.

내일은 백화점이 쉬는 날이었다. 발은 무거웠지만 마음은 가벼웠다. 혼자 살 집을 알아보러 다닐 예정이었다. 우선은 안전한 월세 원룸을 찾기로 했다. 그동안 월세 보증금을 따로 모아 놓았다. 엄마에게 손을 내밀지 않아도 되었다. 이 사실이 상희를 기쁘게 했다.

상희가 독립을 하겠다고 말했을 때 진희는 우선 환영했다. 엄마도 반대는 하지 않았다. 그러나 상희는 엄마의 얼굴을 스치는 그늘을 놓치지 않았다. 동생은 영특한 데가 있어 괜찮은 직장을 잡고 지금보다는 더 낫게 살 것 같지만, 상희는 그럭저럭 살게 될 거라고 엄마는 생각하고 있었을 것이다. 언젠가 엄마가 이모에게 그렇게 말하는 것을 상희는 우연히 들었다. 엄마의 그 말이 상희에게 해방감을 주었다. 상희는 비로소 엄마와 진희를 위해 늘 무엇인가를 해 줘야 한다는 생각에서 벗어났다. 홀가분했다.

꽃향기가 코끝을 스쳤다. 낮은 공원 담장 너머로 꽃 핀 나무들이 서 있었다. 상희는 꽃나무를 따라 걸으며 콧노래를 불렀다.

어디선가 아이들이 외치는 소리가 났다. 그 소리는 저녁 허공에 뿌려지는 듯 퍼져 나가다가 서서히 잦아들었다. 소리가 마치 불꽃놀이처럼 폭발하였다가 어디론가 사라져 버렸다고 상희는 생각했다. 공원을 가로질러 소리가 나는 쪽으로 향했다.

잠잠했던 아이들의 소리가 다시 터져 나왔다. 분수처럼, 불꽃처럼, 햇살처럼 터졌다.

"햇살처럼."

상희는 혼잣말을 했다.

햇살이 마음 깊은 곳까지 손을 뻗어 준 듯 상희의 그늘졌던 마음이 환해졌다.

상희는 아이들이 보이는 곳에 도착했다. 색색 전등으로 장식된 작은 배가 솟아오르고 있었다. 미니 바이킹이었다. 배가 가장 높은 허공에 잠깐 멈출 때마다 아이들은 소리를 질렀다. 상희는 나무와 사람들 사이를 지나 그쪽으로 갔다. 미니 바이킹은 트럭 짐칸에 설치되어 있었다.

바이킹이 멎었다. 아이들이 배에서 내렸다. 줄을 서서 기다리던 다른 아이들이 배에 올랐다. 엄마들은 트럭 옆에 있는 의자에 앉아 있었다. 등받이 없는 둥근 플라스틱 의자였다.

아.

상희는 걸음을 멈추며 감탄했다. 배를 작동하는 남자는 한림이었다. 상희는 뒷모습만으로도 한림을 바로 알아보았다. 구겨 신고 있던 구두를 바로 신었다.

배가 출발했다. 아이들이 소리를 질렀다.

"자, 크게 소리 질러야 덜 무서워요."

한림이 큰 소리로 말했다. 아이들이 일제히 소리를 높였다.

"자, 손잡이를 꼭 잡아요."

내려온 배가 다시 반대쪽으로 솟아올라 갈 때도 한림은 소리 쳤다.

상희는 엄마들 사이의 빈 의자에 가 앉았다. 바람이 불 때마다 한림이 입은 셔츠 자락이 몸에 달라붙었다. 상희는 한림의 등을 바라보았다. 이번에는 어렵지 않았다.

작가의 말

산책을 하거나 시장에 가다 보면 교복을 입은 사람들 사이에 뒤섞여 걷게 되기도 합니다. 앞서거니 뒤서거니 하며 또 때로는 제 어깨를 스치며 가까이 걷는 이들이, 서로의 이름을 부르거나 어울려 나누는 이야기로 가득한 늦은 오후의 길입니다. 사람들이 각자의 벗과 이야기를 나누며 함께 걷는 기쁨으로 가득 찬 길이기도 합니다. 우연히 그 길에 들어서 얻게 된 충만함으로 저는 이 소설들을 써 나갈 수 있었습니다. 함께 걸을 수 있어서 감사했습니다.

「칠게는 너무 많아」에서 지우네 엄마가 지우에게 들려주는 '게 이야기'는, 철학자 김영민 선생님이 들려주신 이야기를 모티프로

삼았습니다. 오래전 그 이야기를 들을 때 제게 아름다운 감흥이 일어 도저히 참지 못하고서, "그 이야기 저 주시면 안 돼요?" 하고 청하여 얻어 놓은 것입니다. 저는 선생님께 철학을 배우고 있는데요, 그 배움에 대하여 이 자리에서 감사 인사를 올립니다. 그리고 저 자신도 열심히 공부하여, 마침내 진실에 근접했기 때문에 아름다울 수밖에 없는 글들을 척척 써낼 수 있기를 소망합니다. 서두르지 않고, 쉬지 않고!

「덜컹거리는 존재」에서 한제우가 도서관에서 얻게 되는 인류학적이고 자연과학적인 지식은, 2022년 봄 장숙에서 함께 읽으며 공부했던 칼 세이건과 앤 드루얀의 『잃어버린 조상의 그림자』의 도움을 받았습니다. 함께 공부하는 는길과 숙비랑, 여일과 단빈과 유재에게 감사 인사를 드립니다.

돌아가신 소설가 박기동 선생님은, "작가는 작중 인물을 천진(天眞)하게 들여다봐야 한다."고 가르쳐 주셨습니다. 그렇게 배워 소설을 쓰면서, 저는 도리어 작중인물들 때문에 조금씩 천진해졌습니다. 첫 소설집이니 부끄러움에 얼굴을 붉히면서도 선생님께 가져다 드려야 하는데, 제가 늦어 이제 안 계시니 이 자리에서 감사 인사와 함께 저의 뒤늦은 출발 소식을 전해 올립니다.

문학동네 정현경 편집자님과, 거기서 책이 되기까지 정성을 쏟으신 여러분께도 고개 숙여 감사 인사를 드립니다.

옛집에 계신 또 한 분의 어머니와, 피를 나눈 언니들과 동생에게도 감사 인사를 드립니다. 한없는 그리움과 무한한 감사의 마음을 담아, 이 작은 책을 돌아가신 부모님 영전에 바치며 한 말씀 올립니다.

"어머니 아버지, 저는 더 멀리 가 보겠습니다. 부디 살펴 주세요."

2024년 봄, 신현이 올림

수록 작품 발표 지면

「덜컹거리는 존재」 … 『더 이상 도토리는 없다』(돌베개, 2022)
「내게 도착한 메시지는」 … 『성장의 프리즘』(문학동네, 2021)
「새와 돌」 … 『어린이와 문학』 2021 여름호

쉬는 시간은 나와 함께

ⓒ 2024 신현이

1판 1쇄 2024년 5월 16일 | 1판 2쇄 2024년 10월 14일
글쓴이 신현이 | 책임편집 정현경 | 편집 김지수 강지영 이복희 | 디자인 신수경
마케팅 정민호 서지화 한민아 이민경 왕지경 정경주 김수인 김혜원 김하연 김예진
브랜딩 함유지 함근아 박민재 김희숙 이송이 박다솔 조다현 정승민 배진성
저작권 박지영 형소진 최은진 오서영 | 제작 강신은 김동욱 이순호 | 제작처 영신사
펴낸곳 (주)문학동네 | 펴낸이 김소영 | 출판등록 1993년 10월 22일 제2003-000045호
주소 10881 경기도 파주시 회동길 210 | 전자우편 kids@munhak.com
홈페이지 www.munhak.com | 카페 cafe.naver.com/mhdn
북클럽 bookclubmunhak.com | 트위터 @kidsmunhak | 인스타그램 @kidsmunhak
대표전화 (031)955-8888 팩스 (031)955-8855
문의전화 (031)955-3576(마케팅) (02)3144-3239(편집)

ISBN 979-11-416-0062-4 03810

잘못된 책은 구입하신 서점에서 교환해 드립니다. 기타 교환 문의: (031)955-2661, 3580